吹きさらう風

セルバ・アルマダ
宇野和美 訳

El viento que arrasa

Selva Almada
Kazumi Uno

創造するラテンアメリカ 8

創造するラテンアメリカ

松籟社

Programa Sur

Obra editada en el marco del Programa Sur de Apoyo a las Traducciones del Ministerio de Relaciones Exteriores, Comercio Internacional y Culto de la República Argentina.

本書はアルゼンチン共和国外務・通商・宗務省の翻訳助成プログラマスールを受けて刊行された。

EL VIENTO QUE ARRASA

by

Selva Almada

Japanese translation rights arranged with Agencia Literaria CBQ, Madrid
c/o Massie and McQuilkin Literary Agents, New York,
through Tuttle-Mori Agency, Inc., Tokyo

Translated from Spanish By Kazumi Uno

吹きさらう風

風はすべての年月の渇きを運ぶ
風はすべての冬の飢えを運ぶ
風は獣道の、荒野の、砂漠の叫喚を運ぶ
風は雇い主の余り物に飽きはてた女と男の絶叫を運ぶ
風は新たな時の力とともにやってくる
風はうなり、地につむじ風を起こす
わたしたちは風であり、キリストの愛で世界を焼き尽くす火なのだ

1

自動車整備工は咳きこみ、痰を少し吐きだした。

「肺が腐ってんだよ」手で口をぬぐい、開いたボンネットにもう一度かがみこみながら言った。

車の持ち主はハンカチで額の汗を拭い、整備工の隣に頭を割りこませた。きゃしゃなフレームの眼鏡をずりあげ、熱くなった鉄の部品のかたまりに目をやる。それから、問いかけるように隣の男を見た。

「鉄が冷えるまで待たなきゃならねえ」

「直せますか?」

「たぶん」

「どのくらいかかりますか?」

整備工は腰をのばし——車の主よりも手のひら二つか三つぶん、背が高い——、目をあげた。まもなく正午だ。

「夕方までかな、たぶん」

「ここで待つことになりますかね」

「好きにしな。見てのとおり、何もねえよ」

「待たせてもらいます。神様が力を貸してくだされば、思いのほか早く直るかもしれません」

整備工は肩をすくめ、シャツのポケットからたばねたタバコをとりだし、一本すすめた。

「ありがとうございます。でも、数年前にやめました。さしでがましいようだが、あなたもやめたほうがよさそうだ……」

「飲み物の自動販売機は故障してる。何か飲みたきゃ、冷蔵庫に何本か缶があるはずだ」

「ありがとうございます」

「あの子に降りるように言ってくれ。車の中にいたら、うだっちまう」

「お名前はなんと?」

「ブラウエルだ。グリンゴ・ブラウエル。あっちはタピオカ、使いっ走りだ」

「牧師のピルソンです」

二人は握手をした。

「あんたの車にとりかかれるようになるまで、ほかのことをやってるから」

「そうですか、よろしくお願いします。私たちにはおかまいなく。神の祝福がありますように」

牧師は、娘のレニがいる後部座席のほうに行った。座席と床に山積みになった聖書や雑誌の段ボールの間のかろうじて残ったスペースに、ふくれっ面をして座っている。窓をコンコンと叩いた。娘は埃だらけの窓ガラスごしに彼を見た。彼はドアの取っ手に手をかけたが、中からロックしてあった。彼は、窓をおろせというしぐさをした。娘はほんの数センチ開けた。

「直るまで、もうしばらくかかる。降りなさい、レニ。冷たいものをいただこう」

「ここでいい」

「ものすごく暑いから、熱中症になるぞ」

レニはまた窓を閉めきった。

牧師は助手席のドアを開き手をつっこんで、後部座席のロックをはずしてドアを開けた。

「降りなさい、エレナ」

レニが降りるまで、彼は手でドアを押さえていた。彼女が車からはなれるなり、バンと音をたててドアを閉めた。

彼女は汗ではりついたスカートを直し、整備工を見た。彼は頭をさげて挨拶した。自分と同じ、十六歳前後の少年が、大きな目でそのようすを見つめている。

父がブラウエルと紹介した男は、顎まで届きそうな、蹄鉄形の赤い口ひげをはやした背の高い男で、油じみだらけのジーンズをはき、ズボンの中にいれたシャツの前をはだけていた。もう五十に近そうだが若々しく見えるのは、きっとひげと、シャツの襟まで伸びた長髪のせいだろう。少年は、くたびれてツギがあたっているが清潔なズボンと、色のさめたTシャツを着て、ズックの靴を履いている。まっすぐな黒い髪は、こざっぱりと短く刈り込まれ、ひげのないつるんとした顔をしている。二人ともやせているが、普段から力仕事をしている者らしい筋肉質の体をしていた。

五十メートルほど先に、ガソリンスタンド兼整備工場兼住まいである粗末な建物があった。古ぼけたガソリンポンプの後ろにある、ドアと窓が一つしかない、煉瓦を積んだだけの小屋だ。小屋の前にはポーチのようなものがあって、斜めにはりだした、トトラの葉で葺いた屋根が、小さなテーブルと、積み重ねられたプラスチックの椅子と、飲料の自動販売機の上に影を投げかけていた。テーブルの下で眠っている犬が一匹、人の近づく音を聞きつけて、はらばいのまま黄色い片目をあけて、しっぽで地面をぴしぴしと叩いた。

「何かだしてやれ」ブラウエルが少年に言うと、少年は椅子を何脚かおろして、座れるように雑巾で拭いた。

「何を飲みたい?」牧師が娘にたずねた。

「コカコーラ」

「私は水を一杯もらえるかな。一番大きいコップで」牧師は腰をおろしながらたのんだ。

少年は、ビニールを細く裂いたカーテンをくぐって、小屋の中に消えた。

「神が望まれるなら、車は夕方には直るだろう」牧師が、ハンカチで額をぬぐいながら言った。

「望まなかったら?」レニは、いつもウエストにはさんであるウォークマンのイヤホンを耳にはめながら言いかえした。プレイボタンを押すと、頭が音楽で満たされた。

小屋のむこうには、道路の路肩の方までスクラップが山積みになっていた。車のボディー、農業用機械の一部、ホイールキャップ、積み上げられたタイヤ。じりじりと照りつける太陽のもと、永久に打ち棄てられた車台や車軸やゆがんだ鉄の、まさに墓場だ。

2

エントレリオス州を数週間走ったあと——ウルグアイ川にそって北からコンコルディアまでおりて、そこから十八号線に入り、州の中央をつっきってパラナに来た——、牧師はチャコまで旅を続けることにした。

彼の生まれ故郷であるパラナに二泊した。若いときに出たので、親戚も知り合いももういなかったが、何かにつけて彼はその町に寄りたがった。

二人は、昔のバスターミナルのそばの安宿に泊まった。狭苦しく、窓からは売春街が見える。レニは、客が現れたとき、ほとんど脱がす必要がなさそうなかっこうをした女やトランスの売春婦たちが、だるそうに行き交うようすを見て時間をつぶした。牧師は、どこにいようとおかまいなしに、いつものように読書と書きものに没頭していた。

彼は、自分が生まれ、女手ひとつで母に育てられた——山っ気の多いアメリカ人の父は、彼が生まれる前に義父母のわずかな蓄えをさらえて雲隠れした——祖父母の家を見にいく気にはならず、川べりにある古い公園にレニを連れていった。

樹齢を重ねた木立の間を散策し、幹についた洪水の跡を見た。岸に近い木だと、跡はずいぶん上の方にあり、梢の高いところに、大水のときに流れてきたものがひっかかったままの木もあった。石のテーブルで昼食を食べているとき、牧師は、子どもの頃、母とよく来たと語った。

「昔は今と違って、週末は大勢の人でにぎわっていた。今はすっかりさびれてしまったが」そう言って、サンドイッチにかぶりついた。

彼は食べながら、壊れたベンチや、伸びほうだいの芝生や、前の週末に来た人々が捨てていったゴミを懐かしげに見た。

食べ終えると、二つのプールがまだあるか見たいと言って、もっと先に行きたがった。プールはすぐに見つかった。プールサイドの割れたセメントから鉄材がのぞいている。プール内の壁面のタイルは泥だらけで、まるで年寄りの歯が抜けるように、そこここのタイルがはがれ落ちていた。底にある小さな水たまりは蚊やカエルのすみかになっていて、溜まった泥にはえた草の間に虫がうじゃうじゃいた。

牧師は溜息をついた。彼や同年代の子どもたちがトランポリンから飛び込み、両足で底のタイルを蹴って勢いをつけ、澄んだ水面をザバッと頭で破った日々はすでに遠かった。

彼はズボンのポケットに両手をつっこみ、うなだれ肩を落として、プールの縁をゆっくりと歩きだした。レニは、父親の丸まった背中を見て、少し気の毒になった。そこで夏の午後を過ごした幼い頃の、幸せだった日々を思い出しているのだろう。

だが、かわいそうという気持ちはすぐに消えた。ともあれ父は思い出が詰まったなつかしい場所に戻ることができる。見覚えのある木があって、友だちと木登りをした日々や、今はくずれかけたあのテーブルに、チェックのクロスを広げる母親を思い出せる。だけど自分には、戻るべき失われた楽園もない。幼少期は過ぎて間もなかったが、彼女の記憶はからっぽだった。父親であるピルソン牧師のありがたい布教活動のおかげで、彼女の子ども時代の思い出は、いつも同じ車の中と、いずこも同じ何百というみすぼらしいホテルの部屋と、別れが悲しいと思えるほども一緒に過ごせなかった何十かの子どもの顔と、ほとんど顔も覚えていない母親だけだった。

牧師はプールをぐるりと一周すると、ロトの妻〔旧約聖書の登場人物。禁を破って振り返り、塩の柱になった〕のようにかたく、七つの災いのように冷たい表情をした娘が突っ立っている場所に戻った。

レニは、父親の目に光るものがあるのを見て、さっと背を向けた。

「行こう、父さん。ここ汚い」

3

タピオカが飲み物を持って戻ってきた。レニには瓶入りのコカコーラ、ピルソン牧師にはコップの水だ。それぞれに手渡すと、かいがいしいウェイターのように、その場に突っ立っていた。

牧師は、一気にコップの水を飲みほした。水はなまぬるく、あやしい色をしていたが、まるで澄みきった泉の水であるかのようにありがたく受けとめた。神が地上につかわしたものはみなよきものだと常々彼は言っていた。

牧師が空のコップをわたすと、タピオカはどうしていいかわからずに両手でコップをにぎりしめた。右左右左と、片足ずつに体重をかけて体を揺らしている。

「教会には行っているかい?」牧師がたずねた。

タピオカは否定し、恥ずかしそうに首をたれた。

「だが、キリスト教徒だろう」

少年は体を揺らすのをやめて、ズックの靴の先をじっと見つめた。

牧師の目が輝いた。立ち上がり、つかつかと歩み寄って前に立ち、少し身をかがめて少年の顔をのぞきこんだ。

「洗礼はうけたかい?」

タピオカが目をあげた。牧師は、少年の黒く濡れた、ジャコウジカのような大きな瞳に自分が写っているのを見た。ちらりと好奇心をのぞかせて、その瞳が収縮した。

「タピオカ、来い。手伝ってくれ」ブラウエルが呼んだ。

少年はコップをピルソンに返し、主人のところに走っていった。牧師はべとべとしたコップをもちあげてほほえんだ。これこそ地上における自分の使命だ。垢まみれの精神を洗って本来の清らかさをとり戻させ、神の言葉で満たすのだ。

「ほっときなよ」ちびちびとコーラを飲みながら、やりとりを見守っていたレニが声をかけた。

「神は、私たちがいるべき場所に導いてきてくださるのだよ、エレナ」

「わたしたちがいるべき場所は、牧者のサックさんの家だから」

「ああ、このあとはな」

「このあとって、何のあとよ」

牧師は答えなかった。彼女もそれ以上追及しなかった。父親とけんかをする気もなければ、彼の謎いた計画を知りたくもなかった。

彼女は、グリンゴ・ブラウエルがタピオカに何か指示し、少年がおんぼろの車に乗りこむのを見た。彼にハンドルを操作させて、整備工はふうふう言いながら、木陰まで二百メートルほど車を押していった。

思ったところに寄せると、ブラウエルは地面に倒れこみ、大の字になって口をあけ、暑い空気を肺に送りこんだ。胸の中で心臓が、袋に入れられた猫のように飛び跳ねていた。梢の隙間ごしに、空のかけらが見えた。

ブラウエルは、屈強な男で鳴らしてきた。二十歳の時には、同年代の若者たちとふざけて、裸の背中に鎖を渡してトラクターをらくらく引いてみせたものだった。

それから三十年たった今は、怪力をひけらかした若きヘラクレスの面影もなかった。

タピオカが、上からかがみこんでたずねた。

「ボス、だいじょうぶか?」

ブラウエルは、ああと、片腕をあげてみせたが、まだ口をきくことができず、にやりとして親指を立てるのが精一杯だった。

タピオカはほっとして笑い、水をとりにガソリンスタンドに駆けていった。

ブラウエルは目の端で、土埃を舞いあげていく使い走りの少年のズックの靴を見た。大人に近い体格をしながら、まるで子どものようにもたもたとがに股で走っている。

木の葉で継ぎはぎになった空を、もう一度見上げた。シャツは汗みずくで、へそにたまった汗が満杯になって脇腹につたうのを感じた。だんだんと呼吸が整ってくる。心臓が胸郭の中で飛び跳ねるのをやめ、あるべき場所におさまった。そのとき、咳の発作が起こり、がばっと体を起こさせられた。口にあふれた痰をできるだけ遠くに吐くと、ブラウエルはタバコをとりだし、火をつけた。

4

子どもの頃よく訪れた公園を散策したあと、ピルソン牧師は電話ボックスに入り、牧者のサックに電話をかけた。彼の声を聞くと元気づけられる。親友だが、もう三年も会っていなかった。

「ああ、あなたでしたか。イエス様、ありがとうございます」電話のむこうでサックの声が響いた。

サックはつらつとした陽気な男で、一緒にいるといつでも明るい気持ちになった。

「きみの笑い声を聞いたら、主イエスもほほえむよ」牧師が言うと、彼は豪快な笑い声をあげた。その笑い方は、お人よしのサックが大酒飲みだった時代の唯一の名残だった。キリストの助けにより牧者となった今では、その頃のことはすべて昔の話となった。ときどきサックは、パワーショベルのごとくがっしりとたくましい自分の大きな手に見入った。今は教会の梁をもちあげるのに使っているが、かつては女を殴りつけていた手。そうやって昔のことを思い出すと、サックは体の横に腕を垂らしたまま、子どものように泣きだした。自責の念が汚されそうで、その手で顔を覆うこともできないのだった。「できるものなら、この手を切り落としたいです」と、いつかそう打ち明けたことがあった。「でも、犬にさえ毒でしょう」

牧師は彼の手をとって、キスをして言った。

「キリストのおみ足を洗うのにふさわしい手だよ」

しばらく電話で近況を語りあった。サックは、また一人子どもが増え、妻のオフェリアとの間に四人目のホナスという男の子が生まれていた。しかし、サックが幸福なこととして伝えたかったニュースは、それではなく最近教会が完成したことだった。先住民のコミュニティーがあるベルメヒト川流域の山奥に、もう一つキリストの道標が建てられたのだ。

サックは息もつかずに話し続けた。ピルソンは、電話ボックスの小さな椅子に腰かけ、まるで相手に自分が見えているかのようにうなずき、ほほえんだ。ふいに、サックは声をあげて、テーブルを叩いた。まるですぐそこにいるかのように、その音はピルソンにもはっきりと聞きとれた。

「だけど、やっぱり来てくださらないと。そしたら、どれほど光栄でしょう。僕の寺院は、我々の寺院は、あなたが説教壇にのぼるまでは本当に完成したことになりません。あなたのお説教を聞けば野山の鳥たちさえ黙りこむでしょう。神の子たるあの鳥たちは、眠るときでさえ口を閉じないのに。否とは言わせませんよ。ああ、牧師さま、うれしくてたまりません。ほんとうに来てくださいますよね？　オフェリア、オフェリア」彼は呼んだ。

「もちろん行くとも。その前にいくつか片付けなければならないことがあるが」牧師は口ごもった。

「イエスさま、ありがとうございます。なんとうるわしいニュースでしょう。オフェリア、ピルソン牧師がたずねてきてくれるぞ。うれしいじゃないか」サックは笑い声をたてた。「オフェリアが喜んで踊ってますよ。見てもらえたらなあ。彼女はこのへんの子どもたちに歌を教えているんです。いらしたら、聞いてくださいね。なんともかわいらしい歌声です。レニも歌ったらいい。彼女も来ますよね。オフェリア、レニも来るって。ありがたいなあ。オフェリアはレニが大好きなんですよ。今、レニはそこにいますか？　挨拶したいのですが」

「いや、レニはここにはいないよ。きみがよろしく言っていたと伝えておくよ。あの子もきみたちに会ったら喜ぶだろう」

二人はもうしばらく話し、数日中に訪ねる約束をした。

ピルソン牧師の説教はすばらしい。いつでも忘れられない説教をすると、教区じゅうに名がとどろいている。

ピルソン牧師が壇上にあがると、人々は黙りこむ。まるで出るのを阻もうとする悪魔と取っ組み合いをしてきたかのように、彼はいつでもいきなり躍りでる。

そして、頭をたれ、両腕を軽くあげて、開いて前につきだした手のひらを、上にあげていく。そうやって、汗の吹きだしたはげた頭頂をしばし信者に見せる。それから顔をあげると、前に二歩進み出て聴衆を見る。その目で見すえられると、最後列に座っている者でさえ、自分が見られている気がする。（おまえを見ているのはキリストだ！）話し始める。（あの口の中で動いているのはキリストの舌だ！）腕が独特のしぐさで揺れ始め、まずは手だけが、苦しみにあえぐ額を撫でるかのように動く。（俺のこめかみにあるのはキリストの指だ！）だんだんと腕全体が動きに加わる。胴体は不動だが、腹の部分がひくひくと動いているのが見てとれる。（腹の中で燃え上がっているのはキリストの炎だ！）横のほうにすべっていく。一歩、二歩、三歩、左右の人差し指を前方につきだし、誰ともなく、すべての者を指さす。四歩、五歩、六歩と、中央に戻る。七歩、八歩、九歩と、反対側にすべっていく。人差し指は、誰ともなく、すべての者を指さす。（おまえを指さしているのはキリストの指だ！）中央に戻り、通路を歩きだす。今は足が舞踏に加わる。体全体が動いている。靴の中の足の指までが。上着とネクタイを脱ぎすてる。そのあいだも一秒たりと話すのはやめない。ピルソン牧師が顔を上げ、聴衆を見つめた瞬間から、キリストの舌は彼の口の中で動くことをやめないからだ。行きつ戻りつしながら通路を進んでいき、出口まで行き着くとひきかえすが、目をつぶり、腕を左右に広げ、最も哀れな者を探しだそうと手がレーダーのように動いている。彼は見る必要はない。誰を一番に舞台につれだすべきか、時がくればキリストが告げてくれるからだ。

涙を流し、木の葉のようにふるえている女の手首を、牧師の手がぱっとつかむ。女の手足は思うように動かないが、風が木の葉を舞いあげるようにかかえあげてひきずっていく。前に出ると女を止める。女は六十歳だが、妊婦のように腹が膨れている。彼は彼女の前でひざまずく。彼女の腹に顔をあてる。このとき初めて、彼は話すのをやめる。口を開く。女は、牧師の開いた口が、歯が、ワンピースの布地を噛むのを感じる。彼は身をよじる。シャツの下で、彼の背骨が蛇のようにのたうつ。女は泣き続けている。涙に鼻水とよだれが混じる。女が腕を両側に開くと、たるんだ肉が垂れさがる。女が叫び、彼女とともに聴衆全員が叫ぶ。彼は立ちあがり、人々のほうをふりむく。真っ赤な顔はびっしょりと汗におおわれ、口に何かをくわえている。悪魔のような悪臭を放つ、黒いねばねばしたものが口から吐きだされる。

5

「感謝いたしましょう」ピルソン牧師が言った。

タピオカとブラウエルは、食べ物を刺して口に運ぼうとしていたフォークを空中で止めた。

「お許しいただけるなら」牧師が言った。

ブラウエルは彼を見て、フォークをライスの中に置いた。

「ああ」

牧師は、両手を握り合わせ、テーブルの端にのせた。レニも同じようにして、目をふせた。タピオカはブラウエルの顔を見て、客たちを見て、手を組んだ。牧師は食器のわきに組んだ手を置いた。

「主よ、この食べ物と食事に感謝します。旅路の途中でここにいる友とめぐりあわせてくださったことを主イエス・キリストに感謝します。神様の祝福がありますように」

牧師はほほえんで言った。

「さあ、いただこう」

四人は食事にとりかかった。たっぷりのライスと、昨日の夕飯の残り物の冷たい肉。みな腹が減っていて、しばらくはただほうろうの皿にナイフとフォークがあたる音しかしなかった。タピオカとブラウエルは、早食い競争をしているかのように、がつがつとかきこんだ。牧師とレニはゆっくりと口に運んだ。牧師は、食べ物をよく噛んでから飲みこむようレニに教えてきた。よく噛むと消化にいいと。

「ここには長くお住まいですか？」牧師がたずねた。

「だいぶな」ブラウエルは食べ物を飲みこんでこたえると、手の甲で口をぬぐって、氷の入ったワインをごくりと飲んだ。「親父の土地でね。俺は長いことあちこち渡り歩いて、綿繰りやら、取り入れやら、行き当たりばったりで働いてきた。あちらこちらでな。ここにおさまったのは十年ほど前かな」

「寂しい場所ですね」

「俺は一人が好きなんだ。今はタピオカもいるし。な、ぼうず」

「ブラウエルさんと、もう長く働いているのかい？」

タピオカは肩をすくめ、パンでぬぐって皿をぴかぴかにした。

「こいつは引っこみ思案でね。気をゆるすようになるまで時間がかかるんだ。そうだよな、ぼうず」

ブラウエルは食べ終えて、フォークを置き、ふくれた腹に手をおいて椅子の背にもたれた。

「で、あんたたちはなんで来たんだ？　カステジに行くところだったんだろう」

「ええ、牧者のサックに会いにいくところです。ご存じありませんか？」

「サックか？　いや」ブラウエルはタバコに火をつけた。「若い頃、パンパ・デル・インフィエルノで働いてたとき、そういう名前のやつがいたけど、神につかえるような柄じゃなかったな。荒くれ者のロシア人さ。けんかっぱやくて、いざこざばかり起こしてた。このへんはクリスチャンは多いぜ」

「ええ、プロテスタントの教会がたくさんあります。神様のおかげで、私たちの教会はここ数年でずいぶん大きくなりました。サックの尽力のおかげです」

四人とも黙りこんだ。ブラウエルはワインを飲み干し、コップを揺らして残った氷をカラカラと鳴らした。

「まさかと思われるでしょうが、さっき話していた、荒くれ者のあなたのご友人も、天国に入ることができるのですよ。誰もがみな入れるのです」牧師が言った。

「それって、どんなとこ？」目をそらせながら、タピオカがたずねた。

「天の王国かい？」

「イエスの花嫁の話をしてあげる」父に先んじてレニが言った。車を降りてから黙りっぱなしだった彼女がいきなり口を開いたので、みながいっせいにふりむいた。「わたしは霊になって、すごく高い山に連れていかれて、聖なる町イェルサレムを見おろしたの。天からおりてきた、神の国よ。神の栄光がある神の国は、最もすばらしい真珠か、透き通った碧玉みたいに輝いていた。町はとても高い城壁に囲まれていて、城壁は碧玉で、町は純金よ。城壁の土台はありとあらゆる宝石で飾られていて、町の広場は純金で、水晶みたいに透き通っているの。それから天使が、命の水が流れる川を見せてくれた。川は、広場の中央にある、神とイエス・キリストの玉座から湧き出していた。川の両側には命の木があった。一年に十二回実がなって、葉は人びとを癒す薬になる木よ」レニはにやりとした。「そうでしょ、父さん?」

「それ、みんなほんとなの?」すっかりつりこまれて、タピオカがたずねた。

「そんなわけないでしょ。たとえ話よ」レニが鼻で笑った。

「エレナ」牧師がたしなめた。「いいかい、天の王国は想像できないほど美しい場所なのだよ。神の恩寵の中にある。この世のすべての宝物を集めても比べものにならない。ブラウエルさん、あなたは信者ですか」

ブラウエルは自分のコップにワインをもう少しついで、もう一本タバコに火をつけた。

「そういうくだらねえことにかまけてるひまはねえよ」

牧師はほほえみ、彼の目を見つめた。

「なるほど。私は、ほかのことをしているひまはありません」

「人それぞれだな」ブラウエルは腰をあげながら言い、「おい、片付けとけ」と、タピオカに命じた。

少年は考えこんだ表情のまま、丸めたパンくずを自分の前に一列に並べていた。

タピオカは、ある午後、母親にここに連れてこられた。当時八歳くらいだったろうか。サエンス・ペニャで拾ってくれたトラックで来た。ロサリオに向かっていたトラック運転手は、ガソリンを入れ、タイヤを点検して、ビールを頼んだ。運転手がポーチの日陰でビールを飲み、タピオカが犬たちとじゃれているあいだに、女は、修理している車の点火プラグを掃除していたグリンゴ・ブラウエルのほうにやってきた。自分のほうに来るのが見えたとき、トイレを探しているのだろうと思っただけで、彼はほとんど気にとめなかった。

ところが、女がしたかったのは、トイレに行くことではなく、彼と話すことだった。

「話があるんだけど」と話しかけてきた。

グリンゴは仕事の手を休めずに彼女を見た。なかなか切り出さないので、娼婦だろうと思った。長距離トラックの運転手が、あちこちに女を乗せていき、女が商売に励むあいだ待つというのはよくある話だった。おそらくあとで金を山分けするのだろう。

女が口を開かないので、グリンゴがうながした。

「なんだよ」

「あたしのこと覚えてない？」

グリンゴは、女をまじまじと見た。いや、見覚えがなかった。

「いいよ、べつに。ずいぶん前だし、ちょっとの間だったからね。要は、あの子はあんたの子だってこと」

グリンゴは、点火プラグをびんの中において、ぼろきれで手をぬぐった。彼女が指差すほうを見た。少年は木の枝を持っていた。一方の端を一匹の犬がくわえている枝を、反対側から引っぱっている。ほかの犬たちは、自分が遊んでもらう番が来ないかと、少年のまわりでぴょんぴょん跳びはねている。

「噛まないよね?」不安げに女がたずねた。

「ああ、噛まない」

「だからさ、育てていけないんだよ。ロサリオに仕事を探しにいくとこなんだけど、子もちだと難しくてさ。まだどこに泊まるかもわかんないし、預けるあてもないし」

グリンゴは手をぬぐいおえて、ぼろきれをベルトにはさんだ。タバコの火をつけ、一本女にすすめた。

「あたしはペリコの妹だよ。マチャガイのドブロニックの綿繰り場で一緒に働いていたの、おぼえてるだろ」

「ペリコか。奴はどうしてる?」

「もう何年も音沙汰なしさ。サンティアゴで働くって行っちまってそれっきりさ」

少年は地面に大の字になって寝ころんだ。犬たちは彼が背中の下に隠した枝がほしくて、彼の脇腹にさかんに鼻づらをつっこんでいる。少年はどうかしたかのように、けらけら笑っていた。

「いい子だよ」女が言った。

「いくつだ?」

「もうすぐ九歳。素直で元気な子だよ。すくすく育ってる」

「服はもってきたのか?」

「トラックに鞄がある」

「わかった。おいてきな」グリンゴは言い、吸い殻を指ではじいた。

女がうなずいた。

「ホセ・エミリオって名前だけど、あたしたちはタピオカって呼んでる」

トラックが走りだして、のろのろと道路のほうにのぼっていったとき、タピオカは泣きだした。その場に突っ立ったまま、大きな口をあけてべーべー泣き、泥で汚れた頰に涙の筋がついた。グリンゴは、目の高さが同じになるように腰をかがめて声をかけた。

「さあ、ぼうず。コーラを飲んで、犬たちにえさをやろう」

タピオカは、母親を乗せて道路に出る坂をのぼりきり、永遠に去ろうとしているトラックをにらみつけたまま、こっくりとうなずいた。

グリンゴは鞄を拾い上げて、ガソリンスタンドのほうに歩きだした。トラックを追いかけて坂をのぼっていた犬たちが、ハアハア舌を出してくだりはじめた。少年は洟《はな》をすすってくるりと向きを変え、グリンゴを追って走りだした。

タピオカはテーブルをかたづけはじめ、レニは手伝おうと立ち上がった。

「かして」と言うと、彼の手からカトラリー類をとりあげ、さっさと皿とコップを重ねた。「どこに持っていけばいいか教えて」

「こっち」

建物の裏手にあるセメントの流しまで、レニはついていった。洗っては、きれいになった食器をタピオカに渡していく。彼の腕の中に、濡れた食器がつみあがっていった。

「ふきんはある?」

「うん、中に」

二人は家の中に入った。一部屋しかない室内は薄暗く、レニは暗さに目が慣れるのに数分かかった。少しずつ、物が形をとっていった。ガスボンベとコンロ、冷蔵庫、小さいテーブル、壁に釘づけされた棚、簡易ベッドが二台とたんすが一つ。床はむきだしのセメントで清潔だった。

タピオカはテーブルに食器類をおろして、ふきんを手にとった。レニはふきんを奪って、拭きはじめた。

「どこに置くか、あんたはわかってるでしょ。しまっていって」

二人は黙々と作業をした。中はひどく暑かった。最後のフォークを拭くと、レニはふきんをぱたぱたとふってから、テーブルのはしにかけた。

「完了」満足げにほほえんで言った。

タピオカは、きまり悪そうに、ズボンの太ももを手でさすった。

父娘は家を持たないので、レニは家の仕事というものをしたことがなかった。服は洗濯屋に出し、食堂では食器をさげるのも洗うのも店員で、ホテルではベッドメーキングをしてくれた。だから、ほかの女の子なら嫌がるであろうこういった家事が、彼女にとっては一種の喜びをもたらした。おままごとのようなものだった。

「で、このあとどうする?」

タピオカは肩をすくめた。

「外に行こう」

外に出ると、再びレニの目は正午をまわったばかりの強烈な日射しに慣れなければならなかった。

牧師は椅子でうたた寝をしていたので、起こさないようにと、レニは人差し指を唇にあててみせた。

ポーチからおりて、手招きをする。少年はついてきた。

「あの木の下に行こう」

タピオカはついていった。彼は母親と暮らしていた幼い頃をのぞいて、女性と接したことがいっさいなかった。そんなふうに誘われたなら、その年頃のほかの男子なら照れるか、馬鹿にされていると思っただろうに。

二人は、一番葉のよくしげった木の下に座った。そこでもやはり、頭がぼうっとなりそうな熱風がすべてを包みこんでいた。

「音楽は好き?」と、レニがたずねた。

タピオカは肩をすくめた。嫌いかといわれれば嫌いではないが、好きかといわれると、わからなかった。いつもラジオがかかっていて、陽気な気分になるアップテンポのチャマメ〔アルゼンチン北部のフォルクローレ〕が流れるとグリンゴはときどきボリュームをいっぱいにあげた。グリンゴは合いの手を入れ、ダンスのステップを踏むこともあった。それを見るとタピオカも楽しくなった。だが、今考えてみると、彼はもっと物悲しい曲、幽霊や悲恋の歌のほうが好きだった。すごくきれいで、聞くと胸がきゅんとなり、踊りだしたいというより、黙ってじっと街道のほうを眺めたくなる曲が。

「これ、耳に入れてごらん」レニが言い、小さなイヤホンを彼の耳につっこんだ。彼女ももう片方を同じようにした。タピオカは彼女を見た。レニはにっこりして、ボタンを押した。はじめは度肝を抜かれた。こんな間近で音楽を聞いたのは初めてだった。脳の中で響いているようだ。レニが目をつぶったので、彼もそうした。すぐにメロディーが体になじんだ。その音楽は、外から来るというよりも、自分の体の奥から湧きだしてくるかのようだった。

6

車はガト・コロラドという、サンタフェとチャコの境目にある村を過ぎたところで動かなくなった。レニは、「赤い猫」の意味のその地名が気に入り、とりわけ、村の入り口に立つ二本の柱の上にのった、真っ赤にペンキを塗られたセメントの二匹の赤い猫をおもしろがった。

嫌な音は何キロも前からしはじめていた。その前の晩にトスタードの小さな宿に着いたときは、もう聞こえていた。

レニは、出発する前に点検してもらおうと言ったが、牧師は聞く耳を持たなかった。

「この車が私たちを見棄てるわけがない。そんなことは、主がお許しにならないさ」

十歳からハンドルを握り、父と交代で運転をしてきたレニは、車の立てるのがどんな音ならただの雑音で、どんな音なら要注意か心得ていた。

「出る前に、修理工場で診てもらったほうがいいってば。腕のいい安いとこがないか、ここで聞いてみたらいいじゃない」と、今朝早くにスタンドでコーヒーを飲んでいるときもしつこく言った。

「持っていったら、一日待たされることになる。神を信じよう。この車がこれまで途中で壊れたことなどあるか？　言ってみなさい」

レニは黙った。言い合っても無駄だった。いつでも結局は父の思いどおりにしかならないのだ。彼に言わせれば、神がそうお望みだから、というわけだった。

車は二時間走ったところでプシューと音を立てて動かなくなった。牧師はエンジンをかけようとしたが、だめだった。レニは、小さな虫で汚れたフロントガラスごしに、はてしなくどこまでも続く道を見すえたまま、きつい調子で言った。

「ほら、だから言ったでしょ」

牧師は車から降り、脱いだ上着を座席の背にかけてドアをしめ、腕をまくって前方にまわり、ボンネットを開けた。一筋の煙が立ちのぼり、彼は咳こんだ。

今レニのところからは、ナンバープレートと、サイドから噴きだす煙か湯気しか見えなかった。続いて、父が横を通りすぎるのが見え、トランクが開き、スーツケースを動かす音がした。乱暴に扱われてきた、念入りに革紐でしばられた二つの大きなスーツケース。それにすべての持ち物が入っていた。彼のほうには、ワイシャツ六枚、スーツ三着、コート一着、それに、Tシャツや靴下や下着がいくつかと靴が一足。彼女のには、ブラウス三枚、スカート三着、ワンピース二着、コート、下着と靴が一足。牧師は再びバタンとトランクを閉めた。

レニは車からおりた。太陽がじりじりと照りつけている。まだ朝の九時をすぎたばかりだった。ブラウスのボタンを上から二つ目まではずして、車のまわりを一周した。父は三角の表示板を置いているところだった。レニは表示板を見て、車の影さえない道路を見た。トスタードからここまで、ほかの車とは一台もすれちがわなかった。

「そのうちに、よきサマリア人が通りかかるだろう」牧師が両手を腰に置き、楽観的にほほえんだ。

レニは父の顔を見た。

「主イエス・キリストが、ここで私たちを見棄てるわけがない」そう言うと、彼は長年の運転でぼろぼろになった腎臓のあたりをもみほぐした。

苦難から救おうと、もしも今、主イエス・キリストがふいに神の国から降りてきたなら、最初に腰を抜かすのは父だろうとレニは思った。おしっこだってちびるかもしれない。

彼女は、ひび割れと穴ぼこだらけの道路を数歩歩いてみた。アスファルトにあたって靴のかかとがコツコツ音を立てた。

なるほどここは、人間からすっかり見放された場所のようだ。からからに乾いてよじれた背の低い木々がぽつぽつとある景色と、地面をおおったごわごわの短い草を見渡した。天地創造の日からずっと、ここは神の手から見放されてきたのだ。いずれにせよ、彼女には見慣れた景色だった。年がら年じゅう、こんな場所で過ごしてきたのだ。

「遠くにいくなよ」父が声をかけてきた。

レニは、そんなのわかっていると、片手をあげてみせた。

「誰かこないか、ちょっと道からはずれたところも見てきてくれ。アクシデントだから」

レニは心の中でくすっと笑った。野ウサギくらいしかいるわけないじゃない。ウォークマンのスイッチを入れて、ラジオをチューニングしようとした。だめだ。空中をさまよう放電のピーピーガーガーという音しかしない。

少しすると車のところに戻り、父の隣でトランクにもたれた。

「中に入っていなさい。日射しが強いから」

「だいじょうぶ」

それとなく父を見た。少し気落ちしているようだ。

「父さん、もうすぐ誰か通るよ」

「あたりまえだ。信じよう。めったに通るものはなさそうだがな」

「そんなことないよ。むこうでクイを二匹見かけたよ。足が焼けないように、アスファルトの上を飛んでたけど」レニが笑うと、父も笑った。

「そうさ、私は主イエスに祝福された人間だぞ」そう言って、彼はレニのほっぺたを軽く叩いた。

それは、彼女がいてくれてよかったという意味だった。だが、絶対にそうは言えないのだ、とレニは思った。いつでもイエスを間に入れなければならない。いつもなら、その中途半端な愛情表現に苛立っただろうが、今は、父が傷つきやすくなっているようだったので、ちょっぴりかわいそうになった。認めようとしないが、彼女の言うことに耳を貸さなかったのを恥じているのだろう。うっかりヘマをした子どものようだった。

「父さん、昼寝のときよんでくれた悪魔の詩って、どんなだったっけ?」

「詩篇かい?」

「ううん、ただの詩。わらべ歌かな。おもしろい歌、あったじゃない」

「エレナ、私は悪魔のことを軽々しく話すのは好きじゃない」

「しっ、ここまで出かかってるんだから。そうそう、こんなの。『罠をかけて/おまえなんかつかまえてやる/釣りばりをなげて/おまえなんか釣りあげてやる/武器をとって/おまえなんかとらえてやる/そいつは悪魔、そいつは悪魔、そいつは悪魔』」

レニは、けらけら笑った。

「もっと長かったけど、忘れちゃった」

「エレナ、なんでも茶化せばいいってもんじゃない。悪魔は笑いごとじゃないぞ」

「だって、ただの歌じゃない」

「そんな歌は知らないな」

「子どものとき、いつも歌ってくれてたのに」

「いいかげんにしろ、エレナ。作り話をして、からかおうとするな」

レニは頭をふった。作り話なんかじゃない。ほんとにあった歌だってば。そのとき、ふいに、ガソリンスタンドの駐車場にとめた車内での場面を思い出した。父がトイレにいっているあいだに、後部座席に座った母と自分が、その歌をうたいながら、友だちと手遊びをするように手のひらを打ちあっているところだ。

「見ろ、そらあそこ。神様、感謝いたします」牧師が声をあげ、大股で二歩歩いて、道路の真ん中に出て、焼けたアスファルトの上でゆれるかげろうの中をスピードをあげて近づいてくる輝く金属の点に向かって手を振った。

トラックは牧師のわきでブレーキを踏んだ。クロームめっきのバンパーに黒い窓ガラスの赤いトラックだ。

運転手が助手席側の窓をおろすと、大音量のカセットの音楽が爆発するように流れだし、押し寄せるクンビア〔コロンビア発祥の軽快な音楽〕の波に牧師はたじろいだ。男が顔を出し、にやっとして何か言ったが聞き取れなかった。男が涼しい車内に再びひっこみ、何かいじると、音楽がふいにやんだ。もう一度現れた。ミラーグラスのサングラスをかけ、肌は焼け、無精ひげを生やしている。

「よう、どうした」

牧師は、まださっきの音楽に戸惑いながら、話をしようと近づき、窓に手をかけた。

「車が故障してしまったのです」

男は、牧師の横におりた。今風に飾り立てたトラックと対照的な作業衣姿だ。車に近づき、あげたままのボンネットの中を一瞥した。

「よければグリンゴんとこまで牽引してやるぜ」

「私たちは、このあたりの者ではないのです」

「グリンゴ・ブラウエルはこのちょっと先で整備工場をやってる。奴ならきっと直せる。町に持ってっても、今日は土曜だしこの暑さだから、引き受けてくれるやつは見つからないだろう。みんなパソ・デ・ラ・パトリアやベルメヒトに涼みに出払ってるからな。俺だって家に着いたら、釣り竿を持って、ダチを乗っけてくつもりだから、月曜までは、よっぽど運がよくなけりゃお目にかかれないぜ」

男は笑った。

「わかりました。お願いできるなら」

「あたりまえさ。こんななんもないとこに、ほっとくわけにいかないだろ。この暑さじゃ幽霊だって出てこねえよ」

男はトラックを乗用車の前に移動させた。それからもう一度降りて、金属のケーブルを工具箱からとりだし、トラックと車のバンパーをつないだ。

「さあ、行こうぜ、相棒。乗ってくれ。中はエアコンがきいてて涼しいぞ」

牧師は男の隣に、レニはドア側に座った。中は革の臭いと、芳香剤の松の臭いが充満していた。

「旅行かい？」運転手がたずねた。

「親友をたずねるところです」牧師がこたえた。

「ふーん。地獄にようこそ」

7

レニが覚えている母の最後の姿は、車のリアウィンドーごしに見たものだった。レニは、膝をついて後ろ向きになって後部座席の背に腕と顎を乗せている。外で父がバンと音を立ててトランクを閉め、旅行鞄をとりだして、母の横に置いた。母は腕を組み、長いスカートをはいている。大きくなった今、レニがはいているようなスカートだ。父の後ろ、どこの村にもありそうな未舗装の道のむこうに、明け方の赤らんだ灰色の空が広がっている。レニは眠くて、口の中にねばっこい歯磨きの味がしていた。朝食をとらずにホテルを出てきたからだ。

母は組んでいた腕をほどいて、片手で額をなでる。父はずっとしゃべっているが、車の中にいるレニには、何を話しているか聞きとれない。手をさかんに動かしている。人差し指を上げ下げし、母を指さし、首を横に振り、声を落としてしゃべり続け、口から放つまえに言葉を嚙み殺すような表情をしている。

母は車に近づこうとするが、父がさえぎり、母はその場で立ちすくむ。オニが振り返ると動きを止める、銅像ごっこのようだとレニは思う。日曜日のお説教のあと、あちこちの庭でいろんな子どもたちとよくした遊びだ。手のひらを相手に向けて片腕を前につきだしたまま、牧師である父はあとずさりをし、運転席のドアを開く。母は旅行鞄のところに立ち尽くし、両手で顔をおおう。泣いている。

車が走りだし、土埃を舞いあげる。そのとき、母が車を数歩追いかける。夏休みになって道端に置きざりにされた犬のように。

それはもう十年近く前のことだった。レニは母の顔をよく覚えていない。背が高くて、ほっそりしたきれいな人だったのは覚えている。鏡を見ると、自分には母の面影があると思う。母親に似ている気がするのは、単なる願望のあらわれとはじめは思っていた。だが、女性らしくなってきた今、よい思い出といやな思い出を同時によみがえらせる者を見るように、父が魅了と侮蔑の入り混じった表情で自分を見ているのに気づくことが一度といわずあった。

牧師とレニはそのエピソードのことは一度も話したことがなかった。母を置きざりにした町の名を彼女は知らなかったが、もう一度通ったならすぐにわかると思う。ああいう場所は、月日がたってもほとんど変わらない。もちろん牧師は、妻を置いてきたのがどこか、地図上の正確な場所を覚えているに違いないし、もちろんそこを布教のルートから永遠に消し去ったに違いない。

その日以来、ピルソン牧師は、男手ひとつで幼い娘を育てる、妻をなくした牧師を名乗るようになった。そういう状況にある男性は、信頼と同情を容易に抱かせることができる。若くして妻を奪われ、いたいけな子とともに残され、主イエス・キリストへの愛に燃えて、堅固な信仰とともに前向きに生きている善良な人物の話には、耳を傾けてしかるべきというわけだ。

タピオカも、母親のことはあまり覚えていなかった。母親に置いていかれたとき、新しい家に慣れなければならなかった。最初に彼の目を引いたのは、古い車の山だった。あきらめて状況を受け入れるまでの数週間、車の墓場と犬たちが心の慰めだった。日がな一日、そこらにある車体にもぐりこんでいた。車を運転するふりをして、いつでも助手席に三、四匹の犬を乗せていた。グリンゴは少年を好きにさせておいた。馴らさなければならない野生の小動物であるかのように、そろりそろりと近づいていった。そこで、グリンゴはタピオカにかつては道路を走り、長い距離を走破してきた車一台一台の物語を語ることから始めた。多くの車は、少年の母親が向かったロサリオどころか、ブエノスアイレスやパタゴニアまで行ったことがあった。グリンゴは自動車クラブの地図をどっさり集めてきて、夕食の後、夜な夜な、彼いわく、そこにある車が走った道を示してみせた。油とニコチンで黒ずんだ太い指で線をたどり、線の色と太さは、その道路の重要性を表しているのだと説明した。グリンゴの指は時として、幹線道路をはずれて、まつげの先くらいの細さの、うっすらとしか見えない線に入っていった。そして、運転手はそこで夜を過ごすので、自分たちも寝なければならないと告げた。

グリンゴの指は時には、点線、つまり川にかかった橋をとびはねながらたどった。タピオカは川が何かも、橋が何かも知らなかったので説明してやった。

また、くねくねとした山道を、のろのろと指でたどることもあった。ある時、指は地図の一番端にたどりつき、冷えこみのこと、チャコ地方では知ることのない、何もかもを真っ白にする寒さのことを話した。そのあたりでは、冬になると道路は氷でおおわれ、氷でタイヤがすべって悲惨な事故が起こるのだと。タピオカはそういう場所のことを考えると怖くなり、自分たちがそんな世界の果てではなく、地図のうんと上のほうにいてよかったと思った。

グリンゴ・ブラウエルは車を、州警察から買っていた。内々の取引きで、屑鉄同然に売ってもらった。たいていの車は事故や火事などで押収されたものだった。たまに盗難車も来た。その場合、警察はグリンゴに整備させてから書類を新たにおこし、登録番号をかえて、ロマの人々に売っぱらう。グリンゴには整備費と、いくらかの協力報酬が支払われた。

地図をめぐる物語のあいまに、車が持ち主の手を離れ、彼らの元にやってくるまでのいきさつが語られることもあった。まがまがしい物語に、タピオカは目を見開いて聞き入った。最初のうちグリンゴはいつも、車に乗っていた者は命に別状はなく、車は壊れても人は無傷だったと話していた。その後、少年がそろそろ死になじんでもいいころだと考えて、すべての話は血生臭い結末でしめくくられるようになった。しばらくのあいだ、タピオカは夢でうなされた。母親やグリンゴや、数少ない顔見知りたちが、ぐにゃりとゆがんだ鉄にはさまれたり、フロントガラスを突き破って外に飛びだしたり、炎に包まれた車の中で黒焦げになったり、車内に閉じこめられたりする夢だ。だがそのうちに慣れていき、語られた場面を夢に見ることはなくなった。

悪いのは車じゃない、運転する人間だと、つねづねグリンゴは言っていた。

母親に置いていかれたとき、タピオカは三年生になっていて、読み書きと計算はできた。自分も学校は了《お》えていなかったグリンゴは、学校に通わせるのが必要だとは思わなかった。一番近い学校でも十キロ以上はなれていて、毎日送り迎えをするのはやっかいだった。八歳までに受けた教育で十分だ。あとは、大自然と仕事から学ばせようとグリンゴは決めた。自然と仕事は学問ではないが、学べばりっぱな人間になれる。

神様は私たちに言葉をお与えになりました。この空の下でうごめく他の動物と私たちを区別するのが言葉です。けれども気をつけなければなりません。言葉は悪魔の武器にもなるからです。

この人はなんて上手に話すのだろう、なんと美しい言葉、完璧な語彙を使って、この人はなんと大きな自信を与えてくれるのだろうといったことがよく言われます。

雇い主が来て、力強く、自信に満ちた言葉であなたがたに話し、長期にわたる約束をします。彼は、父親が我が子にするようにあなたがたに話します。それを聞いた後、あなたがたは言いあいます。この人はなんて上手に話すのだろう、この人の言葉は簡素で本物だ、我々が我が子であるかのように話してくれる、この人のもとで命じられたことさえしていれば、その翼の下で我が子のように守ってもらえ、何も不足することはないだろう、飾り気のない言葉で、あれほどはっきりと、同等の者に語りかけるように語りかけてくれるのだからと。

政治家が来て、美しく響く言葉で、口から音楽が流れだすようにあなたがたに話します。途中で途切れることなく、これまで聞いたことがないほど淀みなく。辞書からとってきた言葉を使って、美しく、正確に言い表された演説を聞いたあと、あなたがたはすっかりおとなしくなります。なるほど、この人は善良な人だ、自分たちのことを考え、自分たちと同じことを考え、自分たちを尊重してくれると考えるようになります。

けれども私は言います。強い言葉、美しい言葉を信用してはなりません。雇い主の言葉、政治家の言葉を信用してはなりません。自分はあなたの父親だとか、友だとか言う人を信用してはなりません。人の言葉を受け売りし、自分の利益のために話す、そういう人たちを信用してはなりません。あなたがたにはすでに父親がいます。それは神様です。あなたがたにはすでに友がいます。それは主イエス・キリストです。ほかは空疎な言葉です。風の中に消え去る言葉です。

あなたがたは自身の言葉を持ち、言葉は力をもっています。それに耳を傾けなければなりません。神様が聞き届けるのは、強く、美しく話す人の言葉ではなく、心から真実を語る人の言葉です。

主キリストに話していただきましょう。唯一の真実の言葉をのせて舌を動かしていただきましょう。キリストの言葉を武器にこめて、おしゃべりな嘘つきや、えせ預言者をねらって発射しましょう。

あなたがたの中に神様の言葉を君臨させましょう。神様の言葉は生き生きとして力強く、どんな剣よりも切れ味鋭く、魂や霊や関節や骨の髄をも貫き、思いや意図が真心によるかどうかを見分けます。

このことを考え、信仰を証明しましょう。

父と子の言葉をたたえましょう。

8

タピオカは耳からイヤホンをとり、少女を起こさないようにそろそろと立ち上がった。何歩か離れてから、ズボンの土をはらった。それからトイレに向かった。椅子でまどろんでいる牧師のわきを足音を忍ばせて通りすぎた。

便器にたまった水の中に、膀胱の中身を音高くぶちまけた。レニというあの娘は、幸い遠くにいた。聞かれたなら、恥ずかしかっただろう。

Tシャツの胸で手をふきながらトイレから出たとき、牧師が目を覚ましていた。眼鏡をとって、汗ばんだ顔と薄くなった頭をハンカチでぬぐっている。タピオカを見ると、ほほえみかけた。

「やあ、ちょっとここにおかけ」

牧師は自分の横にある椅子をぱんぱんと叩いた。タピオカは人に呼ばれた犬のように、首をかしげて彼を見た。その見知らぬ男といると心がざわざわするので、言い訳を探そうかとちらりと迷ったが、結局座った。

「タピオカと言ったね」

彼はうなずいた。

「で、名前はなんというのだね」

「タピオカ」

「タピオカと呼ばれているが、それはあだ名だろう。生まれたときにつけてもらったほかの名前があるはずだ。覚えていないかい」

タピオカは、両手をズボンにこすりつけた。

「ホセミリオ」ぼそっと言った。

「ホセか。いい名前だ。気高い名だよ。ホセとは誰か、知っているかい?」

タピオカは牧師を見て、顔の前を飛んでいる一匹の蠅を払った。この男の言うことを聞いていると、頭が混乱する。そこで、ただ、肩をすくめてみせた。

「ホセ、つまりヨセフは、キリストの母であるマリアの夫だ。キリストを育てた人だよ。ブラウエルさんのようにね。ブラウエルさんは我が子のようにきみを育ててくれたのだろう? キリストとは誰か、知っているかい?」

少年は、手で顔をぬぐった。暑いからというよりも――暑さならなれっこだ――緊張で汗をかいていた。立ち去りたかった。が、なんだかこわくてできなかった。

「神様のことを聞いたことはあるかな？　神様は私たちのつくり主だ。神様は、きみが見ているすべてのものをおつくりになった。きみも私も神様につくられた。ブラウエルさんは、神様のことを話したことがないのだね」

タピオカは牧師を見た。学校に行っていた頃のことを思い出した。先生に質問されて、答えられなかったときのことを。あのときと同じように、わっと泣き出したくなった。

「グリンゴに持っていかなきゃいけないものがあるから」ぼそぼそと言った。

「待ちなさい、すぐ終わるから」牧師は、少年の腕に手をかけて言った。その手は、女の手のように柔らかかった。温かかったが、ぞくっと悪寒が走った。

グリンゴはどこかと、きょろきょろした。整備工は背中を丸めて、牧師の車のボンネットに頭をつっこんでいた。ポーチから百メートル以上はなれているので、引きとめられたタピオカの必死の思いを、グリンゴは知る由もなかった。

「心配ないさ。私と話していたとあとで私から言おう」

牧師は柔和にほほえんで、彼を見た。タピオカがそういう明るい色の瞳を見たのはこれが初めてではなかった。そのあたりには大勢白人がいた。だが、牧師の瞳は相手に魔法をかけた。獲物をとるときに、強い視線で相手を射すくめて気絶させ食らうと、いつかグリンゴが話していたミミズクのように。

タピオカは頭をぶるぶるっと振った。頭が重たくなった気がする。その目を見てはいけない。

「なるほど」牧師が甘ったるい声で言った。

「何だよ」彼は腹立たしげに言い返した。

「ということは、誰もきみに私たちの救い主である主キリストのことを話したことがないのだね。ブラウエルさんはいい人だ。そして、ホセ、きみはいい子だ。キリストは腕を広げて、きみを待っている。うけとめてもらえるよう、きみは準備をしさえすればいい」

《何言ってるか、わからないよ。キリストって何だよ。あんたは来て、僕に話す。さっぱりわからない。僕は……、僕はタピオカだ、言っただろう？　あんたは、僕たちのことを何もわかってない》

タピオカはそう言って、よっぽど話を打ち切りたかった。だが、言い出せず、口をつぐんだままだった。相手を見まいと、きょろきょろとあちこちに目をやったが、どこにもとどまらせることができなかった。犬から道路へ、道路から太陽に焼かれた車の山へ、自分のズックの靴の爪先へ、自分の手へと視線を動かしてから、再びそこにいる男を目の端でうかがった。

一方牧師は、タピオカをじっと見据えていた。少年の腕から手を離し、今は祝福を与えるように、その手をもう一方の手とからめていた。

「この世界では、よい人間というだけでは十分ではないのだよ、ホセ。キリストのためによい行いをしなければならない。キリストだけが、私たちを悪から守ってくださる。心でキリストを受けとめるなら、一生ひとりぼっちになることはない。誰にも教わったことがないようだが、いつか苦難の日々がやってくる……悪い時、想像もつかないほど辛い時が。主イエス・キリストほどではないが、悪魔はとても強力だ。キリストのお力は無限だが、悪魔は夜に昼に戦いをしかけてくる。だから、ホセ、私たちはキリストの仲間にならなければならない。悪魔をこの世界から追いはらえるほど強大な軍隊を作るのだ。最終戦争は近づいているのだよ、ホセ。大天使がラッパを吹く日、キリストに身をささげた者だけがその音を聞くことができる。裁きの日にラッパの音を聞く者は救われ、天の王国に入るのだ」

タピオカは、牧師の言葉にじっと耳を傾けた。相手のまなざしから逃れる言い訳を探すのをやめて、彼の目はひたと牧師に据えられていた。まだ恐怖はあった。だが、牧師のことは怖くなかった。牧師の中に、友か、それ以上のもの、父親か導き手を見始めていた。恐ろしいのは、彼が語っているすべてのことだった。そんなひどいことが、自分の身にふりかかろうとしているのに、何の準備もしていないとは。これまで聞いたことがないということは、グリンゴはそういうことを何も知らないのだろうか。タピオカにとってグリンゴは、今の今までこの世で彼が知るうちで最も賢い人間だった。だが、グリンゴの知恵にも限りがあるのは明らかだった。

「グリンゴは？」

「ブラウエルさんがどうかしたかい？」

「その天の国っていうのに、グリンゴは一緒に来られる？」

「もちろんだとも。きみが手にしている正しい者たちの国には、ブラウエルさんも入ることができる。きみがキリストの戦士になったなら、きみの心の中にいる人は誰でも連れていける。ブラウエルさんは、きみがまだ一人では生きていけない子どものときから、きみの世話をしてくれた。食べるものを与えて、病気のときは看病し、たくさんのことを教えてくれた、そうだろう？」

タピオカはうなずいた。

「よし。これからはきみがブラウエルさんの面倒をみて、イエスを愛することを教えてやるんだ。それこそ、きみがブラウエルさんにできる最もすばらしい贈り物だ」

タピオカはほほえんだ。恐怖は、巣穴にもぐりこんだイタチのようにまだそこにいて、きらきらした小さな目を暗闇の中で光らせていた。だが、新たな何かも感じ始めていた。はらわたの中に火のようなものがあって、その火で勇気が満たされるのを感じた。とはいえ、ほかにもまだ気になることがあった。

「犬たちは？　犬も連れていける？」

牧師は思わず笑いそうになったが、こらえた。

「もちろんさ。天の国はとても広いし、キリストは動物が好きだ。犬たちも来られるよ。来られないわけがない！」

牧師は息を吸おうと口を開けた。口がかわいていた。

「水をもう一杯もらえるかな、ホセ」

非常に不本意なことだが、時として彼は何をやってもだめだと感じることがあった。自分や自分のようなものがいくらがんばったところで、いつでも手遅れで、いつでも悪魔に一歩だけ先を越されるのだと。もちろん、キリストも神様も、その一歩の遅れを許してくださる。だが、タピオカのような少年を見つけると、彼は自信と希望で満たされた。純粋な魂。なるほど粗野だが、そのために自分がいるのだ。彼はその魂をキリストのノミで削り、神様にささげる美しい作品にするのだ。

そういうことを考えると、力がみなぎり、自分がいる意味を再認識させられる。自分は、キリストの炎に燃える一本の矢だと再び感じられた。そして、その矢をできる限り遠くの、正確な地点へとはなとうとはりつめた弓だ。そして、矢が落ちて燃えあがった炎をあおる風だ。炎はイエスの愛で世界を焼き尽くすのだ。

9

牧師は水を飲みながら、母に手を引かれて川の土手をおりていった子どものときのことを思い出す。前を行く母が、ぐいぐいと手をひっぱっていた。土手の坂は急で、すべり落ちないように、雑草の間からのぞいた地面にかかとを食い込ませなければならなかった。きつい道に、二人とも息を切らしていた。

母のスカートが風にあおられ、カーテンのようにうっとうしく視界をふさぎ、スカートのあいだで景色が見え隠れしていた。

彼は、どこに向かっているのか知らなかったが、今日は忘れられない日になると、出かける前に母に告げられていた。一張羅を着せられ、母もきれいにおめかしをしていた。朝食をすませて家を出て、バスに乗って町に出た。そこから、「湯治場」と表示の出ている別のバスに乗った。終点まで乗ってきたのは彼ら二人だけだった。運転手は土手の上の未舗装の道でエンジンを止め、母親に川原におりるにはどうしたらいいか教えた。

上から見たとき、黒っぽい、岩の起伏か何かと思っていたものが、近づくにつれてちょっとした人だかりになった。百人ほどの人々が川に向かって立ち、歌っている。岸辺が近くなると、風が歌声を運んできた。ラジオや町なかでは聞いたことのない歌だった。かなり明るい曲調だったが、近づくにつれて彼ははてしなく悲しい気分になった。雲がたれこめた空と、打ち捨てられた町の湯治場に人々が投棄したり川が運んできたりしてたまったゴミの山のせいか。お出かけだと母に言われて、映画館や遊園地など、もっと別の行き先を期待していたからか。

二人は足を止めて一息ついた。母は握っていた手をはなして乱れた髪を直した。それから、彼の髪を手櫛でとかし、服のしわをのばし、ほどけていた片方の靴紐を結んだ。

「行くよ」と言って母は、また彼の手をつかんだ。体をぐいぐい押して、群衆の中にわりこんでいった。人々は歌い続けながら眉をひそめてふりむいたが、母は気づかないふりをして前に進み続けた。歌うか謝るかのように口を動かしていたが、実はどちらもしていなかった。

岸辺の最前列に陣取ると、足元がところどころぬかるんでいた。彼はどろどろの地面に靴が沈むのを感じた。一番いい靴なのに。不安になって母を見たが、母は彼のことなど目に入っていなかった。ほかの人たちと同じように、風に波立つ暗い川面を見つめていた。

広場で綿菓子に指を突っこんで、ふわふわの甘い雲をほおばるかわりに、こんなところで歌い続けているおかしな群衆に混じって自分たちは何をしているのだろう。

その川の水の何がそんなにおもしろいというのか。

そのとき、思ってもみなかったことが起こった。歌声がやんだ。水の中から男の頭が現れた。長い髪が頭にぴったりとはりついている。川面を破って現れた男は、上半身裸で左右に腕を伸ばして水の上に立ちあがり、くるぶしをなめるゆるい波を立てながら、岸辺まで歩き始めた。

男か女かわからないが誰かが、これまで聞いたこともないようなやさしい声で歌い始めた。

母はすかさず、彼の腋の下をつかんでぐいっともちあげ、彼を川の中の男にほうりなげた。男は氷のように冷たい濡れた腕で彼を抱きとめた。

自分のその後の人生を決定づけたあの日のことを思い出すたびに、牧師は胸がいっぱいになる。弱気になるたびに、その思い出を、洗礼をうけた日のこと、川の中の男がパラナ川の汚い水に彼を沈め、清めて神の手に自分をあずけた午後のことを思い出す。それを考えると、勇気づけられ、布教師としての自分のつとめを再認識させられるのだった。

いつか母に、なぜあの午後自分を川に連れていったのかとたずねたことがあった。母は信仰とは縁遠い人間だった。

「ただの思いつきだよ。説教師が来るってラジオで聞いて、どんな人か見てみようって思ったんだ。単なる好奇心さ。その一週間、その男の噂でもちきりだったから、助けてもらえるかもって思ってさ。で、あそこに着いて、人だかりを見たとき、思ったのさ。一番前に行かなくちゃって」母は、いたずらを思い出したかのように笑った。「最前列に行ったら、この子を抱いてもらわなきゃって。説教師の注意をひいて、おまえをかかえあげてもらったら、何かいいことがあるってわかってたからさ」

母はそう言うと、背中を丸めてまた刺繍をし始めた。その頃、彼は二十歳で、牧師として世間に認められ始めていた。生活費を稼ぐために、母はもう働かなくてよくなっていた。その何年か前に、二人はパラナを離れ、ロサリオに住まいを移していた。そこでは教会が二人に住まいと食事を与えてくれていた。彼は前途洋々たる若き牧師だった。彼の説教の才能は、その地方一帯で知られるようになってきていた。

母は趣味の刺繍を続けていた。ほかの娯楽は知らなかったからだ。あの説教師が母子を引きとり、面倒をみてくれるようになってからも、母は宗教には少しも関心を示さなかった。彼女にとっては、息子が牧師になるのも医者や弁護士になるのも同じことだった。ただ彼に大学で教育を受けさせて、それなりの暮らしができる仕事につかせたかったというようにふるまっていた。

説教師の腕へとほうり投げ、彼のために開かれた新しい人生へと送り出してくれたことを、彼は母に感謝していた。だが、母がこれっぽっちも関心がないことに内心苛立っていた。

彼が説教壇からおりるたび、母は真っ先に駆け寄ってきて彼を抱きしめた。

「みんなすっかりひきこまれてたよ」と、ウィンクをして言った。

母は彼が嘘をついている、息子は大嘘つきだ、言葉への並外れた才能のおかげで、住む家と食べ物をもらえていると思っていた。

だが、そう思っていたのは母だけではなかった。上位の聖職者や、あの説教師までもが――じきに彼も気づいた――、金の卵を産む鶏にめぐりあったと思っていた。彼の口から出る一言一言で、教会の献金箱に硬貨の雨が降りそそいだ。

「私を超えたな」と、説教師は彼に言ったものだった。

川面から現れたときの、熱を帯びた目をした痩せた男の面影は、もうほとんど残っていなかった。今や頭がはげあがり、ぶよぶよに太った説教師は、もはや泥に足をつっこむことはなく、キリストの栄光で肺をふくらませて、水に沈めた信仰を持たない者の体を無事にひきあげてみせることも、もう何年も前にしなくなっていた。

助手たちは缶を手にして信者のあいだをまわりながら、神様に最良のものをお持ちくださいというせりふを讃美歌のように繰り返した。神様に最良のものをお持ちくださいと言うと、カエルの雨のような音を立ててつぎつぎに硬貨が投げ入れられた。神様に最良のものをお持ちくださいと言うと、紙幣が音もなく缶の中に降りつもった。

興奮さめやらず汗だくになって、教会の片隅で心を静めようとしているとき、彼の頭の中では、《神様に最良のものをお持ちください》と《みんなすっかりひきこまれてたよ》という二つの文句が響きわたっていた。

そういった状況がもたらす苦悩を、彼は母には打ち明けることができなかった。息子の目指すものを最初に誤解したのは母だったからだ。だから、洗礼の時のことについて会話をかわしたあと、いくらもたたずに母が亡くなったとき、彼は心から安堵した。神様どうぞお許しください。

母は満ち足りてこの世を去った。思うにまかせないことばかりの人生だった——一生独身のままかと思い始めた頃に、アメリカ人の与太者に口説かれ、結婚したが、出産を待たずに棄てられた——が、彼女が好んで言っていたように、少なくとも一人息子には安楽を手にいれてやれた。ラジオを聞いて、刺繍をしていたある日、すばらしいことをひらめいて、彼にりっぱな未来を切り拓いてやったと自画自賛していた。

ピルソン牧師は、自分の口から出る一言一言を熱狂的に信じていた。言葉の礎となっているのは主キリストだからだ。宇宙の偉大なる腹話術師が、彼という人形の口を介してみなに話してきかせているのだ。

彼は舞台が町の教会だろうとどこだろうと気にしなかった。何度も張りかえられた座席とボックス席があり、床に絨毯《じゅうたん》があり、彼が話すときしかあかない赤い緞帳《どんちょう》がかかった古ぼけた映画館だろうと、害虫よけに白い石灰を塗られた壁とトタン屋根の、在庫処分セールで買った木の折りたたみ椅子が置かれた小屋だろうとかまわなかった。選べるなら、彼はいつでもより貧しい場所を好んだ。飾りもなく、エアコンもなく、マイクもなく、まぶしいライトもない場所を。

大都市に行くことはめったになかった。どちらかというと、幹線道路からはずれた、土埃のたつ田舎道に向かい、政府から見棄てられた人々やアルコール中毒患者たちを訪ねた。そうした者たちがキリストの言葉によって、小さな村落で牧者となる。そして、日中は土木現場で働きながら、夕方になると一軒一軒家をたずね歩いて聖書や雑誌を売り、日曜日にはアルコールの力を借りずに聴衆の前に立ち、キリストという燃料に支えられ、前を向いて訥々《とつとつ》と説教をするのだった。

10

レニは目覚めたときぼうっとしていた。一瞬、自分がどこにいるのか、どうしてその木の下にいるのか、思い出せなかった。汗をびっしょりかき、ごつごつした幹に背をもたせかけて、硬い地面に座っていた体が痛んだ。猫のように、両手で顔をこすって目やにをとった。あくびをした。ポーチで、父親がタピオカと話しこんでいるのが見えた。レニはほほえんだ。ピルソン牧師は、彼を信者にするまであきらめないだろう。

あたりを見回すと、むこうのほうでは、父の福音計画をよそにグリンゴ・ブラウエルが車を修理している。

レニは矛盾する感情をかかえていた。牧師を深く尊敬していたが、やることなすこと、父には反発をおぼえた。まるで牧師と父が別々の人物であるかのようだった。さきほどタピオカを放っておけと父に言ったが、今ポーチで二人の話に加わったなら、彼女も牧師の言葉に魅了されたことだろう。

父が説教をしに出かける前、彼女は顔が映るほどぴかぴかに靴を磨きあげ、スーツにブラシをかけ、黒い絹のネクタイをきちっと結び、ジャケットのポケットから子ウサギの耳のように白いチーフを出して、眼鏡を受け取ってケースに入れる。牧師は眼鏡をかけたままでは、決して人々の前に出なかった。彼の顔は清浄で、彼の目と信者の目の間には何も置いてはならない。人々を惹きつけるのは、渓流のように澄みきった牧師の目だった。説教をしながら、時にうるんだり、動揺したり、炎となって燃え上がったりする、その目なのだ。

レニは、父の全身を見ようと一歩後ろにさがる。すべて整っていると、ほほえみかけて、右手の親指を立ててみせる。

物心ついてから何百回も見てきたのに、牧師が舞台にあがると、レニはいつでも同じように体が震えるのを感じる。大いなることが起ころうとしているからだ。言葉では説明のつかない何かが。必要とされるかもしれないので、舞台袖に控えていなければならないのだが、レニは時にはどうにもこらえきれなくなって、その場をはなれて信者に混じる。

いつか牧師が自分の手首をつかんで聴衆の前にひきずりだし、胸に噛みついて、夜ホテルのベッドや、日中父の運転する車の中で感じているどす黒いものを一気にひきだすのではないかと、彼女は想像する。

レニは立ち上がり、腕を上に伸ばして、こわばった背中をほぐした。栗色の髪につけていた髪どめをはずし、頭を振って、おろした髪を手櫛ですき、もう一度ポニーテールにして髪にとめた。片耳からイヤホンをはずし、ウォークマンのラジオを消した。

何か月も父を説得して、やっと買ってもらったポータブル機器だった。宗教音楽だけを聴くと約束したので、いつもアリバイのためにカセットを入れてある。父が思い出して、娘が聴くものをチェックするときにだけかけるテープだ。ほかのときはいつもラジオのFM放送を聴いていた。リスナーが手紙や電話で曲をリクエストしたりメッセージをよこしたりする音楽番組だ。ラジオに出てみたいという世俗的願望から、レニは一度、こっそり電話ボックスに入って、そういった番組のひとつに電話をしたことがあった。メッセージがとりあげられ、電波に乗った。けれども、リクエスト曲はあいにくスタジオになかった。DJは彼女にあやまった（レニ、ソーリー、その曲はないから、別の曲をかけるね。きっとこれも気に入るよ）。かかった曲は、彼女がリクエストしたのとは似ても似つかない曲だったが、そんなことはどうでもよかった。電話をしたこと、きっとどこかの家のキッチンがスタジオのローカルラジオ局の周囲半径六キロの空に自分の声が響いたことで冒険心は満たされた。

眠気をはらおうと、レニは少し歩くことにした。家屋と廃車の山があるのとは反対方向に向かった。

荒涼とした風景だった。不ぞろいの葉のついた、ねじくれた真っ黒い木がぽつりぽつりとあり、その枝に剝製かと見まがうほどじっと動かない鳥がとまっている。

ところどころ切れた鉄線がはってあるところまで歩き続けた。鉄線のむこうは綿畑だった。まだ収穫の時期ではなかったが、ごわごわした深緑の葉のあいだに綿の実がついていた。中には、早くも熟して、はじけた玉から白い綿がはみだしているものもあった。何週間かしたら収穫されて、綿繰りの女たちのところに送られるのだろう。そこで種を取り除かれた綿が、商品として梱包されるのだ。

レニはじっとりと汗がしみたブラウスをなでた。祖母が刺繍をしていたと、父がいつか話したのを思い出した。器用な、妖精の手の持ち主だったと言っていた。祖母が刺繍をしていた布や自分が着ているブラウスも元々は、このような寂しい畑から生まれたのだろうかと、いくらかノスタルジックな気持ちで考えた。

11

「おい、どこをほっつき歩いてた」グリンゴ・ブラウエルがぼろ切れで手をぬぐいながら言った。

「あっちで、あの人と話してた」

「いつからそんな無駄話をするようになったんだ、え？」

タピオカは顔をそむけ、口元をゆがめた。

「で、何の話をした？」

「キリストのこと」

「キリストだと？　何だそりゃ」

「そうだよ、あの人は僕が知らないことをいっぱい話してくれた」タピオカは目を輝かせた。

「キリストのことをか？」

「それと、世界の終わりのこと。どうなるか、グリンゴも知っておくといいよ」

「どうなるって?」グリンゴは箱からタバコを一本とりだし、くわえながらたずねた。

「ひどいことになるんだって、ものすごく」

タピオカは、忌まわしい考えをふりはらおうとするように、頭を振った。自動車整備工はタバコに火をつけ、煙を吐きだした。

タピオカは、にっこりして顔をあげた。

「だけど、僕たちはいい人間だから、天国に行けるって」

「ああ、よかった。安心したよ」グリンゴは、鼻で笑ってみせたが、少年が宗教にすっかり心を奪われているのに不安をおぼえはじめた。

「僕たちも犬も行けるって。キリストは、人間と同じくらいに犬も好きだから。そいで……」

「わかった、もういい、ぼうず。いいか、天国のことはあとで考えよう。今はここで手伝え。こいつは思ったよりやっかいそうだ。マテをいれてきてくれ。あの男のことはほうっておけ。おまえは俺を手伝うんだ、いいな?」

タピオカはわかったと言い、きびすをかえし、家屋のほうに歩きだした。

「湯を沸騰させるな、マテの風味がとんじまうからな」

グリンゴは声をかけ、車に背をあずけ、深く吸いこんでタバコをのみ終えた。彼は高尚な考えになど興味はなかった。宗教は女や弱虫の戯言だ。善悪はこの世の日々の営みであり、体で触れられる具体的なものだ。信仰は、責任逃れの手段だと、彼は考えていた。神を言い訳にして悪魔のせいにし、できないことを見逃してもらおうとすることだと。

彼はタピオカに自然を敬うよう教えこんできた。そう、大自然の力は信じていた。だが、いまだかつて神のことを話したことはなかった。自分に関心のないことを少年に話す必要があるとは思えなかった。

ときおり二人は森の奥深くに足を踏み入れ、そのようすを観察した。命がひしめきあう巨大な生命体である森。自然を観察するだけで、人は必要なことをすべて学ぶことができる。森は無尽蔵の知恵の書であり、すべてが常に書かれ続けている。神秘と啓示。大自然が言おう、示そうとするものを見聞きするすべを心得さえすれば、そこにはすべてがある。

彼らは樹木の下にたたずみ、樹皮の上をトカゲがかけぬける音と葉の上を幼虫が這いずる音とを聞き分けられるほど聴覚を鋭くして、何時間でも自然の音に耳を傾けた。宇宙の鼓動はおのずと明かされていった。

幼い頃、タピオカが狐火をひどく怖がったことがあった。車の修理を頼みにくる者のなかに、そういうよけいなことを吹きこむろくでなしがいて、タピオカは、夜ひとりで小便をしに行けなくなってしまった。夜は目がさえ、昼はぼうっとしている。いいかげんうんざりして、グリンゴはある夜、タピオカの首根っこをつかまえて外に連れだした。何時間も野山を歩きまわり、空が白んでくる直前に、とうとう探していたものが見つかった。遠くの木立のあいだに、ぼうっとゆれる光が見えた。

「そら、あれが狐火だ」

声をかけると、少年はさめざめと泣きはじめた。グリンゴは彼の腕をぐいっとつかんで、その光の出ている場所まで引きずっていかなければならなかった。

子山羊だろうか子牛だろうか、木の下に中くらいの動物の骨があった。グリンゴはランプを近づけ、腐敗した肉の間から夜の暗闇の中に立ちのぼっている青白い光を見せた。

聖書の物語について、タピオカに注意しておくべきだったと今は思った。狐火の説明を自然の中に見つけるのはたやすいことだ。だが、少年の頭から神様のことを追いはらうのは、そう簡単ではなさそうだった。

12

「すみません」牧師が言った。

修理に没頭していたグリンゴは、びくっとしてとびあがり、あげてあったボンネットに頭をぶつけた。

「申し訳ない。おどかすつもりはなかったんです。ちょっと取りだしたいものがありまして」

「好きにしな。あんたの車だ」グリンゴはぶつけたところを指でさすりながら、ぶっきらぼうに言った。

牧師は後部座席に体を半分つっこんで、本をどっさりかかえて現れた。

「どんな具合ですか？」

「思ったより難しそうだ。あちこち見てるけど、まだどこが悪いかわからねえ」

「かまいませんよ。急いでいませんから」

「でも、誰かが待ってんだろう」

「近いうちに行くとは伝えてありますが、いつとは言っていないので。神様の道は予想がつきません。何があるか、人間には知りようがありませんから、よけいな心配をかけないように、正確な日時は言わないようにしているのです」

「なるほど。直せなけりゃ、ドゥ・グラッティに連れていってやるよ。あそこなら泊まるところがあるから」

「まあ、そうあわてなくてもいいですよ。まだ日が暮れるまでは時間があります。ブラウエルさん、どうぞ仕事を続けてください。私たちのことはおかまいなく。娘も私もここに来て、あなたがたにお会いできて喜んでいます。ずっと旅ばかりして暮らしているので、こういうときは根気が肝心と心得ています。不慮の出来事にはすべて、それなりの訳や理由があるものです」

牧師は本をかかえて離れていった。グリンゴは、彼が再びポーチの下におさまるまで見送った。

グリンゴは頭を振った。この忌々しい車を一刻も早く走るようにすることにしたことはない。この調子だと、牧師と娘にベッドをゆずって、タピオカと自分は犬と一緒に床で寝ることになりそうだ。

こんなことなら、タピオカの言うことを聞いてやればよかった。あいつが望んだとおり、朝から釣りに行けばよかったのに、彼は、行かない、この暑さじゃベルメヒトはすごい人出だ、どうせ週末は何も釣れない、行楽客が押しかけて魚は隠れちまうと、断ったのだった。

結局、彼も根気が肝心とわかっていた。《根気と唾で象も蟻の巣に入る》か、そう独り言を言うと、またモーターをのぞきこんだ。

「ボス」タピオカが声をかけた。

グリンゴはぱっと体を起こし、さっきと同じ場所で頭をぶつけた。

「ちくしょう、ぼうず、なんだよ、いったい」

「マテを持ってきた」

「それだけのことに、そんなでかい声を出しやがって、ぶったまげただろうが。俺が集中しているのがわからねえか」

「そんなのわからないよ」

「ったく……。口を閉じて、マテをよこせ。オウムじゃあるまいし、いきなりぺちゃくちゃしゃべりやがって」

タピオカは笑い、マテを渡した。

「熱いから気をつけて」

「沸騰しないようにやかんをよく見とけって言っただろうが」

「しょうがないよ、すぐ沸いちゃうんだから。だいぶ熱いけど、沸騰はしてないよ」

「で、こんな味のとんだマテをつくったってわけか。ありがとよ。まったくよく気がきくよ。さあ、そのスパナをとってくれ。うまいのをつくりなおせ」

「テレレ〔冷やしたマテ茶のこと〕にしようか？」

「テレレは女のマテだよ、ぼうず。マテは熱くなけりゃ。親父が言っていたよ、マテは冬は寒さも夏は暑さも吹きとばすってな」

「お父さんはいい人だった？」

「いい人かって？　さあな、そうかもな。俺の知るかぎり誰も殺さなかったから」

「あの人が、僕はイエスのお父さんと同じ名前だって言ってたよ」

「タピオカっていうのか？」

「ホセだよ、グリンゴ。僕はホセっていうんでしょ」

「わかってるよ、ぼうず。冗談だって」

「ホセは本当のお父さんじゃないけど、イエスを育てたんだって。ボスが僕を育ててくれたみたいに」

「さあ、これをきれいにしろ」

「イエスのお父さんは神様なんだ」

「マテをよこせ」

「ボスはぼくのお父さんみたいなもんだよね、グリンゴ」

「そら」

「ボスがぼくにしてくれたことは一生忘れないよ」

「来い。この線を持ってろ、二本、くっつかないようにして」

体はキリストの神殿です。あなたがた一人一人の体にそれぞれの魂が宿り、一人一人の魂にキリストが住まわれています。ですから、体は悪ではありません。

見てごらんなさい。

あなたがた一人一人が唯一の完全な創造物です。一人一人が、歴史上、最も才能ある芸術家によってつくりあげられたのです。

神様をたたえましょう。

あなたがたはこう言うでしょう。牧師さま、わたしは片脚がない、片腕がない、事故で片手を失った、背骨を折ったので歩くことができないと。こう言うでしょう。牧師さま、わたしは片目がない、足が悪い、吃音症だ、片肺がない、指がよけいにあると。こう言うでしょう。牧師さま、わたしは年寄りだ、歯がない、髪がない、人間のくずだと。牧師さま、わたしは何の役にも立ちません、わたしは醜い、わたしは病気だ、自分の体が恥ずかしいと。あなたがたは手足のない胴体を引きずって私の元に来るでしょう。全身が麻痺して、ゆがんだ口からよだれをたらしながら、私の元に来るでしょう。怪我をし、傷だらけになり、縫い合わせた皮膚をさらして私の元に来るでしょう。死に連れ去られる一分前に、私の元に来たなら、私はそれでも言い続けるでしょう。あなたがたは神様の作品だから美しいと。

神様をたたえましょう。

ここで、みなさんにおたずねします。あなたの体がキリストの神殿なら、どうしてそれを粗末にするのですか。どうして屈服させられ、侵され、叩かれるままになっているのですか。女性のみなさんにおたずねします。あなたがたの体を、あなたがたの子どもたちの体を、夫や恋人や父親や兄弟が虐待するのを何度許しておくのですか。押されたり、殴られたり、侮辱されたりするのを、愛の名のもとに何度正当化するのですか。男性のみなさんにおたずねします。あなたの体を、神様に与えられた体、悪魔の洞窟ではなくキリストの神殿である体を、他人を傷つけるために何度使うのですか。

今、この集まりに男が数人なだれこんできて、ものを蹴ったり、椅子を壊したり、カーテンに火をつけたりしたなら、この場所を守るために、誰ひとり指一本動かさないことがあるでしょうか。いいえ、私は、ここにいる全員が立ち上がり、侵入者を追い出しにかかると確信しています。あなたがた自身の手とキリストの霊感で建てたこの教会を、あなたがた全員が守ろうとするでしょう。そこでおたずねします。それならなぜ、あなたがたの体に対しても同じようにふるまわないのですか。

冬の雨の夜に裸で外に出たなら、きわめて健康な人でも九十九パーセントの確率で肺炎になるでしょう。同じように、体を罪にさらしていたなら、あなたは九十九パーセントの確率で悪魔の手におちるのです。

キリストは愛です。しかし、愛を受け身の態度と混同してはなりません。愛を臆病さと混同してはなりません。愛を隷属と混同してはなりません。キリストの炎は私たちを明るく照らしますが、火事を起こすこともあるのです。

このことをじっくりと考え、信仰を証明しましょう。

13

グリンゴは車のエンジンをかけ、頭をハンドルにのせてじっと音に聞き入った。いい感じだ。外に出て、機械に身をのりだして耳をすます。ほほえんだ。ようやく悪いところがつきとめられた。一服する必要があった。何か冷たいものを飲もう。

ポーチのほうに歩いていくと、牧師が本から目をあげてほほえんだ。

グリンゴは片手をあげて、そのままバスルームに向かった。放尿したあと、シャツを脱いで、シャワーの栓をひねった。頭と上半身を降りそそぐ水の下につっこみ、水がひんやりしてくるまで流しっぱなしにする。固形せっけんをつかみ、腕と首と腋と頭にこすりつけた。そして、板をはりあわせただけの壁に手をついて体を傾け、せっけんの泡が流れ落ち、床の排水口に吸いこまれていくにまかせた。蛇口をしめ、犬のように頭を振って髪の毛の水を切る。フックにかけてあったタオルをとり、体を拭いた。さっき脱いだシャツをもう一度着て、さっぱりして外に出た。

牧師は本を読みふけっていた。グリンゴはその後ろを通って屋内に入り、冷えたビールの小瓶とコップを二つもって出てきた。テーブルの横で立ち止まった。牧師は顔を上げ、再びにっこりほほえみかけた。

「どうだ?」

グリンゴは腿で瓶を支えて、ライターでビールの栓を抜き、一つのコップに注いだ。

「ありがとう。でも、飲みません」

「よく冷えてるぜ」グリンゴはもう一度すすめると、ぐびぐびと飲んだ。ひげに泡がついた。「あんたの車、やっとどうにかなりそうだ」

「修理できたのですか?」

「まだだ。まだはっきりとは言えないが、もう少しで走ると思う」

「さっきも言いましたけれど、急いでいませんから」

「牧師さんよ、でも、友だちが待ってんだろう? 早く会いたくねえのか」

「牧者サックと彼の家族は、いつも私の心の中にいます。もうすぐ抱きしめられるとわかっていますから、焦ることはありません」

「ならいいけど。俺だったら、夕飯の前に着きてえだろうに。古い友だちと食事をするのはいいもんだ、そうだろ?」

「古い友とでも、新しい友とでも、それはもちろんです。ブラウエルさん、考えていたのですが、この近くに川はありませんか?」

「川だって? 何かと思えば。ここんとこの日照りで、ちっぽけな水たまりもねえよ。みんな地面に飲まれちまう。亀裂があったろう? 俺の指より太いのが地面に。釣りでもしたくなったのか?」

「いや、何でもありません。ビールを一杯いただこうかな。飲みたくなりました」

グリンゴはもう一つのコップにビールを注ぎ、自分のにもつぎ足した。椅子をひきよせ、ほとんど膝がふれそうなほど、牧師のすぐ前に座った。そして、牧師を長いこと見つめた。陽射しとアルコールで少し赤くなったグリンゴの小さな青い目が、牧師のうるんだ目を探った。

「どういうつもりだ」と、たずねた。

ピルソン牧師は、小鳥のようにちびちびと二口飲み、温厚な笑みを見せた。

「何のことでしょう?」

「タピオカの頭に何を吹きこんだ?」

牧師は眼鏡をはずし、折り畳んで、シャツのポケットにしまった。

「頭には何も。心に語りかけただけです」

「ふざけんなよ、ピルソン」

「ホセには神様のことを話しました。ブラウエルさん、あなたはあの少年をりっぱに育ててあげてこられた。男手ひとつで、我が子同然に。あの子は純粋な心を持っています。私は何年も前からこうしてほうぼうを渡りあるきながら、一人で娘を育ててきた。だからこそ言えるのです、あの子のような純真さはめったにありません。ですから、りっぱに育ててあげたと言ったのです。ただし、言わせてもらうなら、宗教についてはは少々おろそかにしてこられたようですね」

「ピルソン、タピオカはいい子だ」

「いかにも。それは間違いありません。ですが、ブラウエルさん、この腐りきった、誘惑に満ちた世界で、あれほど気高い魂がいつまで清らかなままでいられると思いますか？　主キリストのお導きなくして、いつまであのようでいられるでしょう」

「タピオカには、キリストなんか必要ねえ。何がいいことで何が悪いことかくらい、あいつはわかってる。牧師さんよ、わかってんのは、俺が教えこんだからだ」

「あなたは善良な方です。あの子のためにできる限りのことをなさってきた。ですから、今はイエスの手にゆだねるのです」

グリンゴは椅子に背をあずけ、タバコに火をつけた。

「何がイエスだ！」そう言って、口元をゆがめた。「ここに置きざりにされたとき、タピオカはまるで親に棄てられた動物の子のようだった。でも子犬じゃない。ここの犬どもはみんな俺が子犬のときから育ててきた。食いもんをちょびっとやって撫でて、少しずつなつかせた。タピオカは、パンパスネコの子みたいな、野生の獣の子だった。臆病で疑い深くて、信用してなつかせるまで何か月もかかった。俺は自分の手のひらみたいにあいつのことはわかってる。その俺が言ってるんだ、あいつにイエス・キリストなんていらねえと。ヨハネだかなんだか知らんが、外から来て、あんたみたいにうまいことを言って、世界の終わりだの何だの、あることないこと並べたてる奴なんかに用はねえんだよ」

牧師は時間稼ぎに、ビールをもう一口飲んだ。グリンゴ・ブラウエルのような人間は、これが初めてではなかった。善良だが、キリストを遠ざけて暮らしてきた人間。自分の直感を信じ、それが神の思し召しの一部だということを知らずにその日暮らしをしてきた人間。こういうタイプの人間を敵にまわさないためには慎重にふるまう必要がある。ブラウエルは、力づくで自己形成してきた人間だった。自分だって、あの遠い日の午後、川辺でキリストと出会わなければこんなふうになっていただろう。ブラウエルのような人間は、牧者にとって真の挑戦なのだ。

「わかりました」

グリンゴは警戒をとかずに、胡散臭そうに牧師を見た。

「よくわかりました。よけいなことを言って申し訳ありません。もう少しだけビールをもらえますか？　しばらく飲んでいなかったので、こんなにうまいものだというのを忘れていましたよ。これも結局は神様が地上にもたらしたものですから、よきものに違いありませんよね」

二人の男は黙ってビールを飲み干した。

「風が出てきたな」グリンゴが立ち上がり、ポーチからおりた。

牧師も椅子から立ち、自動車整備工の横に立った。二人は空を見上げた。

「雨になるでしょうか」牧師がたずねた。

「いや。ラジオじゃ何も言ってなかった。ちょっと風が出るだけだろう。あんたの車をとっとと片づけよう」

「よろしくお願いします」

グリンゴはのろのろと離れていった。犬が一匹後をついていった。彼はいつも腰にぶらさげている手ぬぐいをひきぬいて、犬に向かってふりあげてみせた。遊んでもらえると思った犬はぱっと足を止め、布をくわえようと跳びあがった。彼は布をだんだんと高くあげていき、自分の頭の上のほうで振りまわした。犬はぴょんぴょんジャンプして歯をむきだしにして吠え、しまいにようやく飼い主の手から布をうばって駆けだした。グリンゴは二、三メートル追いかけたが、ひどく咳きこんで立ち止まった。

牧師はほほえみながらそのようすをながめていたが、グリンゴが体を折り曲げて咳きこむのを見て、気づかって声をかけた。

「だいじょうぶですか?」

グリンゴは、両手を膝について、痰を吐きながらよだれの糸をたらして咳をし続けていたが、だいじょうぶだ、心配するなと片手をあげてみせた。ようやくおさまると、腕で口をぬぐった。

「このやろう、覚えてろ」布をくわえて、牧師の車のそばにねそべり、尻尾を振っている犬にむかってどなった。

牧師は、しばらく歩いてみることにした。ビールのせいでぼんやりした頭をはっきりさせる必要があった。路肩にのぼり、まったく車の通らない道路の端を歩き始めた。熱風が、ボタンをはずした襟元から中に入りこんでワイシャツをふくらませ、こぶのようになっていた。両手をポケットにつっこんでゆっくりと歩いた。

再び、あの洗礼の場面が蘇ってきた。

母が放り投げたとき、説教師は濡れた冷たい腕で彼をうけとめ、額にキスをした。彼はおびえ、数メートル先でほほえんでいる母のほうばかりを見ていた。母がそのすきに群衆にまぎれて、自分を棄てていなくなるのではと恐ろしかった。

その類の話はよく聞かされていた。祖母からは、以前列車を待っているとき、毛布にくるんだ赤ん坊を抱いた女が近づいてきたという話を聞いたことがあった。トイレに行くので、ちょっと抱いていてくれないかと言われて、祖母はいいよ、ゆっくり行っておいでとこたえた。だが、しばらくしても女は戻らず、祖母の乗る列車の警笛が聞こえた。そこで、警官に赤ん坊をあずけて列車に乗りこんだ。そのあとどうなったか、あの母親が子どもを迎えに戻ってきたのか、トイレに行くというのは赤ん坊を棄てるための方便だったのかはわからずじまいだった。祖母は列車が発車しても、プラットホームが小さく見えなくなるまで窓からずっと駅の方を見ていたと話していた。

説教師が彼を返そうとするしぐさをすると、母は両腕をあげて、絶叫し始めた。

「イエス様をたたえます。イエス様の御名により語る預言者をたたえます」

信者の一団は熱狂し、みな両腕を上げてゆらゆらと揺れ、キリストの言葉で語りかけるように預言者に乞う大きな人の波となった。

そこで男は少年を抱きかかえたままで説教をするしかなかった。彼はがっしりしてけっこう重かったので、説教師は、何度も抱く腕をかえなければならなかった。向きをかえられるたびに、説教師の話を聞こうと河岸に集まった人々が違う角度から見えた。

少しずつ彼の恐怖心は薄らいで、それほど多くの目が自分に（実際は、彼ではなく預言者を見ていたのだが）釘づけになり、呆けたりほほえんだり泣いたりさえする多くの顔が、愛をこめて自分に向けられているのが快くなっていった。

その午後、説教師は、何をおいてもキリストを選びとることについて、おのおのが自分のこのあとの人生を変える決意をすることについて語った。難しい言葉を使っていたので、幼い彼はあまりよく理解できなかったが、説教に、言葉の操り方に、言葉が聴衆にひき起こすさまざまな効果に深く感じいった。

たとえば、ある女は、後ろのほうから駆けてきて、説教師の足にキスをしようと腕をのばし、川原のぬかるみにつっぷした。

また、ある男は、イエスが胸に入りこんだ、胸が燃えて心臓が止まりそうだと叫んでいた。男はシャツをかなぐりすて、腕を左右に広げて、近くにいる者にぶつかりながら人間プロペラよろしくその場でぐるぐるまわり、

「イエスが俺に入りこんだ。イエスの御名をほめたたえます！」と叫んだ。

その一部始終を見ていた老人が、説教師は嘘をついている、偽物の預言者だ、自分はそれを証明できると叫んだ。だが、それ以上は続けられなかった。女を含む、何人もの聴衆がとびかかり、財布やら手に持っているもので老人を殴りつけたからだ。

そういった奇妙な感情の吐露ののち、説教師は少し場を制して、まだ救いを得られていないがキリストを胸にいただく気持ちのある者は並ぶようにと呼びかけた。助手とおぼしき一団が美しい歌を歌い始め、人々を並ばせていった。

母も列に並ぶのが見えた。

準備が整うと、説教師はあとずさりして川に入っていき、腰まで水に浸かった。彼はふいに足の先が水に濡れたのを感じて怖くなった。もう一度母の姿を目で探したが、今度はずらりと並んだ頭にまぎれて見分けることができなかった。彼は足をばたつかせ、説教師の骨張った腰を蹴った。説教師は、じっ

としていろと小声で言ったかと思うと、彼の両脇をつかんで持ちあげた。彼は空中で手足をばたつかせ続け、目に涙がたまった。と突然、黒いどろりとした水の中にすっぽり沈められた。口を閉じて、息を止めるのが精一杯だった。ほんの数秒間のことだったが、死ぬかと思った。突然再び外に出され、ゲホゲホと咳きこんで水をはきだし、誰かにかかえあげられて川原に運ばれた。腐った魚の匂いのする汚い砂の上にあおむけに寝かされ、冷えきったびしょぬれの体で鉛色の空を見ていたら、熱いおしっこがちょろちょろと脚をつたった。

ずぶぬれになり、髪が頭に貼りついた体がいくつも、彼のそばにおろされ始めた。横になったままの者もいれば、上体を起こし膝をかかえて震えながら歌っている者もいた。

彼は立ち上がって、人々のあいだを歩き始めた。みな難破船の生存者のようだった。

ようやく母を見つけた。二人の女性に助けられて、咳きこみ、取り乱しながら川からあがってくるところだった。水が怖かったのだ。

彼は駆けより、その腰にしがみついた。

14

タピオカは一台の車の車体にするりと入りこんだ。とびだしたスプリングが肩にあたるのを感じ、もぞもぞ動いて体を座席におさまらせた。一人であれこれ考えたいとき、彼はいつも廃車の山にまぎれこんだ。ここに来たばかりのときに身についた習慣だろう。母親が恋しくて泣くのをグリンゴに見られるのが恥ずかしいとき、どれでもいい、古い車の中に隠れた。時には犬たちにさえ、見つからなかった。

今はあの人が言っていたことを全部考えたかった。何もかもが目新しかったわけではない。小さい頃、母が神様や天使の話をして、いくつかお祈りも教えてくれたが、忘れてしまっていた。母と二人で寝ていた部屋には、中に豆電球の入った〈ディフンタ・コレア〉〔ディフンタは「死亡した」の意味。民間信仰の対象の人物〕の小さな額があって、夜になると、暗闇が怖くないようにと、母がその電球をつけてくれた。

ここ数年、その光景のことは何度も考えてきた。グリンゴのところに来たばかりの頃、粗末なベッドで一人目を閉じると、せいぜい蛍ほどの明るさしかないちっぽけな明かりのついた、その思い出の額が現れた。それは母を連れてくることだった。コレアも母親で、もう死んでいるのに胸に赤ん坊を抱き、あふれる乳を我が子に飲ませていたからだ。何年か前、体が大人になり始めたころ、コレアが現れたが、今度は赤ん坊を抱いていなくて、胸をあらわにして地面に仰向けになっていた。そのあと、彼は自分がけがらわしく、罪にまみれている気がした。

おそらく彼は何事についても、ピルソン牧師の言葉のようにはっきりとした明確な考えを持っていなかった。だが、ずっと前から似たような感覚はあった。うまく説明できないし、誰かに明かそうと思ったこともなかったが、何度も何かが話しかけてくるのを感じた。それは外からくる声ではなかった。頭の中から出てきたのでもない。自分の体全体から湧きあがってくるような声だった。何を言っているのかはわからなかったが、その声が聞こえるたびに力がみなぎる感じがした。

今、よく考えてみると、その声は牧師の声と似ていた。それは、自信と、いわく言い難い気持ちで彼を満たした。目が冴えて眠れぬ夜に牧師が遠くから話しかけ、穏やかな充足感を与えていたなどということがあるだろうか。

答えはなかった。夜の声が聞こえた翌日は、えもいわれぬ幸福感に満ちて目が覚めた。グリンゴには、そのことは一度も話したことがなかった。わかってくれると思えなかったから。いや、黙っていたのは、それだからだけではなかった。生まれて初めて自分だけのものを持っていると感じたからだった。恐ろしくもあった。そんなにも大きく、強力で、説明のつかないものをかかえて、自分はどうしたらよいのだろう。

牧師は自分を助けるためにここにやってきたのだ。あの人になら、秘密を明かせるかもしれない。

タピオカはふいに、グリンゴが車を直さず、あの人と娘がずっとここにいてくれたらいいのにという考えに襲われた。二人がいなくなったら、自分はどうすればよいのだろう。母を連れ去るトラックを追いかけたみたいに、自分はもう、わあわあ泣きながら車を追いかけるような子どもではないのだ。

「ひとっ走りしてくれない？」

レニの声にタピオカはとびあがった。助手席側から少女の顔がのぞいていた。こっそり悪さをしているところを見つかったかのように、体じゅうの血が頭にのぼるのを感じた。

どうぞというこたえを待たずに、彼女はかがんで中に入り、分解寸前の座席に座った。膝が胸の高さにきた。

二匹の犬がリアウィンドーの穴から入りこみ、後部座席だったところに陣どった。

車台の下に、柔らかい黄色い草が生えていた。レニは靴を脱ぎ、そのみずみずしいじゅうたんに爪先を沈めた。

フロントガラスは、金属のふちにそって、粉々にひび割れたガラスのかけらが少し残っているだけだった。ワイパーは空中で止まっている。車体の下に頭が隠れている巨大な昆虫の触角のようだった。

前方に何台かの車の残骸があった。二人が乗っているのよりももっとひどいありさまのものもある。

レニは、地獄に直行する道路で、自動車の亡霊の渋滞につかまっているところを想像した。

タピオカに話してみたが、おもしろがらず、まじめな顔をして、

「僕は地獄には行きたくない」とこたえた。

「じゃあ、どこに行きたい？」

「さあね。天国かな。さっきごはんのとき、天国のこと言ってたじゃない。いいとこみたいだから」

レニは笑いをこらえた。

「でも、天国は、死なないと行けないんだよ。あんた、死にたいの？」

タピオカは首を横に振った。

「ううん。母ちゃんに会ってからじゃないと」

「お母さん、どこにいるの？」

「ロサリオ」

「じゃ、会いにいけばいいのに。ロサリオならここからそんな遠くないよ」

「どこに住んでるか知らないから。ロサリオに行ったことある？」

「うん。父さんとときどきね」

「おっきい？」

「うん、大きいよ。人も建物もいっぱい」

タピオカはハンドルに両腕をもたせかけた。そんな大きな町だったら母親が見つかるわけがないと思って、悲しくなったのだろうか。レニは、自分も母をなくしたことを話して元気づけようかと思ったが、父はそのことを人に話してほしがらないし、自分も悲しくなりたくなかった。

「この車、どうしてこうなったか知ってる？」とたずねて話をそらせた。

「うん。道路で正面衝突したんだ。相手の車はアコーディオンみたいになった。まだ新車でさ。今の車はプラスチック製だから。こっちは旧式で硬いから、形が残ったんだ」

「誰か死んだ？」

「知らない。運がよければ助かったんじゃない？」タピオカがちょっと口をつぐんだ。「ねえ、事故で即死したら、そのまま天国に行くのかな」

「いい人だったら、行くんじゃない」

二人とも黙りこんだ。レニはガラスのない窓の穴に片腕をかけて、座席の背にもたれた。汗ばんだ背中にスプリングがささるのを感じた。目を閉じた。

いつか車に乗りこんで、永久に何もかもからさよならしよう。父も教会もホテルも、何もかもおいて。母を探しに行きはしない。アスファルトの黒い帯をたどって、ただただ前へ前へと車を走らせるのだ。すべてを後にして。

15

牧師は足をとめ、首と胸元をハンカチでぬぐった。風が吹いても暑さはやわらがなかった。悪魔の息のような熱風だった。路肩の斜面に座りこんだ。乾ききった草がズボンの生地を通して柔らかい皮膚にちくちくささった。両脚を投げ出して、地面に手をついた。

タピオカがいたら、すべては変わるだろう。説教師が自分にしたように、自分は少年を見棄てたりしない。ほんものの指導者となって、教会ではなく、キリストの意志に従って彼の心を鍛えていくのだ。

ここ数年ずっと、彼は多くの人々に種をまいてきた。力の限り働き、期待以上のことをしてくれる、牧者サックのような善良な人々に。だが、みな過去があり、弱点を持つ人間だ。彼らは自分の弱さと闘わなければならない。キリストの助けにより自分を克服し、前に進んだとしても、そのような者たちにはいつでも一本の糸にかろうじてぶらさがっているような危うさがあるのを、彼はよくわかっていた。

彼はそのような人々を愛し、彼らに神の祝福があるよう願ってきた。彼らがいなければ、自分はこれほどの仕事はなしえなかっただろう。彼は、自分の教会を持たずに、牧者を育ててきた。地図にも出ていない、政府からも信仰からも忘れられた、彼のほかは誰も行かないような小さな集落で、神に仕える者を探しだしてきた。

みじめな状況から彼らを救いだし、キリストのもとにひきあげてきた。だが、彼らを信頼しているが、前歴を忘れることはなかった。彼らはみな迷える子羊であり、みなそれぞれにこの世の地獄を生きてきた者だった。罪の餌食となった彼らの血の中に今はイエスがいて、彼らの頭も心も手も清らかだ。彼らはキリストの言葉を伝える者であり、自分の責任を心得ている。だが、ひとたび悪魔の誘惑に負けた者は、再びその手に落ちることがある。罪は腫瘍のようなもので、進行を止め、取り除くことはできるが、いったん巣食ったものは必ず小さな根を残し、いざとなればまた広がろうと待ち受けているのだ。

だが、タピオカは生まれたばかりの赤子のように汚れがない。イエスを吸いこみ、イエスを発散しようと、彼の毛穴は開かれている。

彼と二人でなら、長年暖めてきた夢をすばらしい形で具現化できるだろう。

タピオカ、つまりホセは、自分の後継者ではなく、自分がなれなかった者になるのだ。なぜなら、牧師は、誰よりもよくわかっていたからだ。自分も過去のある人間であり、過去において犯した過ちがときおり戻ってきては、ブンブンうなる蠅のように、しつこく自分につきまとうのだと。彼には、自分が後進たちにするように導いてくれる指導者がいなかった。どうにかこうにか自分で自分をここまで作りあげてきた。だが、ホセには自分がいる。片側に自分がいて、もう片側にキリストがいれば、ホセはまさに無敵だろう。

牧師は苦労して立ち上がった。ズボンと手についた泥と乾ききった雑草を払った。風呂と清潔な衣服と柔らかなベッドが必要だった。だが、それはもっとあとでいい。今はホセを自分たちと共にカステジに行かせてくれるようブラウエルを説得しなければならない。ほんの一日か二日のことだ、そしたら連れて帰ってくるというのだ。口説くための言い訳は考えてあった。

キリストがホセのために用意してくださっている輝かしい運命を教えるには、二日あれば十分だろう。

今こそあなたがたの人生を永久に変える時です。多くのみなさんは毎晩、明日こそすべてが変わる、明日からは困難に立ち向かっていく、長年後回しにしてきたことをすべてやりとげると自分に言い聞かせながら寝床に入ってきたことでしょう。明日こそ、そう、明日こそ自分の人生を方向転換させる。明日こそ、何年もガラスがないまま、雨風や暑さ寒さや夏の蚊が入るままにしてきたあの窓を直そう。明日こそすっかり雑草を抜いて、今年食べる野菜の種をまこう。自分や我が子を虐待するばかりの、夫であるこの男を明日こそ棄てよう。もう原因も忘れてしまったけんかのせいで、何十年も口をきいてこなかった隣人と明日こそ仲直りしよう。明日こそもっといい仕事を手に入れよう。明日こそ酒をやめよう。明日こそと。夜、わたしたちは楽天的です。新しい日の太陽が頭上で輝いたとき、自分たちはすべてを変えてやりなおせる気がしています。けれども翌朝起きてみると、やはりくたびれきっていて、始める前にめんどうになり、また翌日へと先のばしにするのです。そして、その明日は二十四時間たっても訪れません。結局何年も何年も、同じ苦しい生活が続くことになるのです。

だから、わたしは言います。今こそ明日だと。

霜のおりた冬も嵐の夏も、なぜ時の過ぎるままにしておくのですか？　なぜ道端から人生を傍観し続けるのですか？　わたしたちは、自分たちを屠畜場に連れていくトラックがやってくるのを、有刺鉄線のむこうでただじっとながめている牛ではありません。

わたしたちは考え、感じ、自分の運命を選ぶことのできる人間です。あなたがたは誰もがみな、世界を変えられるのです。

牧師様、わたしはお金を稼ぎ、家族を養っていくために働きづめで背骨ががたがたですと、あなたがたは思っているでしょう。牧師様、わたしは何人も子どもを産んで、背中をかがめているうちに年をとってしまいましたと、思っているでしょう。牧師様、わたしは病気ですっかりやつれてしまいましたと、思っているでしょう。ピルソン牧師は、できないことをやれというけだものだと、内心思っているでしょう。牧師はよそからここに来て、話して、希望をふきこむけれど、そのあと去っていけば、自分たちはひとりきりで自分の人生に立ち向かわなければならないと、内心思っているでしょう。

それは間違いです。あなたがたはひとりではありません。心の中にキリストをいだいたなら、決してひとりにはなりません。キリストとともにいるなら、もう二度と疲れはてることも病むこともありません。キリストはあなたの体に与えられる最高のビタミンです。あなたがたの中でキリストが生きるなら、あなたがたは人生の方向を変える力や活力を持つことになるでしょう。

共に世界を変えましょう。共にこの地を、後の者が先になる、公平な場所にしていきましょう。明日を待つのはやめましょう。今日こそが明日です。今日は偉大なる日です。今日こそ、人生における大いなる決断をする日です。

胸を開いて、キリストをあなたの中に入れましょう！

心を開いて、キリストの言葉を聞きましょう！

目を開いて、まさに、今日ここで始まるすばらしい人生を見ましょう。みなさまに神様のお恵みがありますように。

16

薄茶色《バヨ》の犬がふいに後ろ足を折って座り、体を立てた。その朝早くに掘ったくぼみに、日がな一日寝そべっていたのだが、はじめは涼しかったその場所も、まどろんでいるうちに暑くなってきていた。〈バヨ〉はグレーハウンドの血が混じった優雅な誇り高い犬で、ほっそりと筋肉質で足が早かった。母親か父親かわからないが、いっぽうの親から、やや長めの黄色い硬い毛と、ひげをうけつぎ、口の上部をおおったひげがロシア《ルソ》の将軍を思わせるので、ときどき〈バヨ〉ではなく〈ルシート〉と呼ばれたが、それはただ毛の色とひげのせいだった。長年血が混じってきたせいか、バヨは感受性が強かった。それとも、血筋とは関係なく、もともとそういう性格だったのか。動物と人間で、どうして違いがあるだろう。ともかく、バヨはとりわけ感覚の鋭い犬だった。

一日中、筋肉を動かしていなかったのだが、狂ったように体の各部に押し出される血で地面のくぼみが暑くなり、ノミさえも耐えられなくなって逃げだした。ノミは、熱いプレートの上で踊るクマのように跳びはねて、別の犬にとりつこうとするか、地面に落ちて、もっと居心地のいい主人が現れるのを待つことにした。

だが、バヨがいきなり座ったのは、ノミが逃げるのを感じたからではなかった。もっと別のものが彼を乾いた暑いまどろみからひきずりだし、生きとし生けるものの世界に呼び戻したのだった。

バヨのキャラメル色の目には目やにがべっとりとつき、眠気の薄い膜がまだはりついて視界を曇らせ、物をゆがめて見せていた。しかし、バヨは、今視界を必要としなかった。

座ったまま、バヨは頭をやや持ち上げた。先端に敏感な鼻孔がついた三角の頭蓋骨が、二度三度と空中をさぐった。頭をもとの位置に戻し、ちょっと待ってから、再び匂いを嗅いだ。

さまざまな匂いがいっぺんにした。何の匂いが混じりあっているかをさぐりだすには、遠くからくる匂いを一つ一つより分けて分類し、もう一度合わせてみなければならない。

深い森の匂いがした。森の中心よりももっと先の、奥まったところの匂い。動物の糞がころがっている、湿った地面の匂い。糞の下には、種やら、微小な昆虫やら、その暗い地面の主である青いサソリなどがいるミクロコスモスがある。

巣作りに使われた枝やら葉やら動物の毛やらにまじってすてられ、巣の中で雨に濡れて腐った羽の匂い。

雷が落ちて芯まで焼けこげ、幼虫や白蟻にトンネルを掘られ、生きているものがいれば食いつくそうとするキツツキに枯れた樹皮にまで穴をあけられた樹木の匂い。もっと大きな哺乳類の匂い。ミナミコアリクイやキツネ、パンパスネコ。その発情期や出産、そして骨の匂い。

森をこえて、平地に出たところの、蟻塚の匂い。

風通しの悪い、サシガメだらけの小屋の匂い。その軒下ではぜている焚き火の煙の匂いと、火の上でくつくつ煮えている食べ物の匂い。女たちが洗濯に使う固形せっけんの匂い。物干しづなで乾いていく濡れた衣服の匂い。

綿畑にかがみこんでいる労働者たちの匂い。綿畑の匂い。綿繰り機の燃料の匂い。

もっと近くの村の匂い。村から一キロのところにあるゴミ捨て場や、郊外につくられた墓地や、下水道のない地区に供給される水や、汚水溜めの匂い。それに、杭や鉄線に執拗にまきついて、ねっとりした甘い香りをあたりに放ち、蠅をたからせているパッションフルーツの実の匂い。

バヨは嗅ぎわけたそれほど多くの匂いに圧倒されて、頭をふった。鼻をきれいにして解毒しようとするかのように、前足で鼻面をかいた。

何もかもが混じりあったその匂いは、近づいてくる嵐の匂いだった。空は雲ひとつなく、観光ポスターのように青く晴れ渡っているのだが。

バヨは、再び頭をもちあげ、口を半分開いて、長い遠吠えをあげた。
嵐が近づいていた。

17

グリンゴがキーをさしこんでひねると、甘やかされた猫のような音をたてて車のエンジンが唸り始めた。彼は歓声をあげ、車の天井をドンドンとげんこつで叩いた。外に出て、開いたボンネットの前に、腰に手をあてて立った。思わず口元から笑みがこぼれた。

「てめえら、できないと思ってたか？　ざまあみやがれ」穏やかに唸っているエンジンに向かって言うと、力こぶをつきだしてみせた。

タバコの火をつけ、仕事をやりとげた喜びを誰かと分かち合えないかとあたりを見回した。誰もいない。犬さえ見当たらない。どこ行きやがった？　グリンゴは車に戻り、ハンドルの下に腕をつっこんでエンジンを切った。

そのとき、鋭く、物悲しい遠吠えが聞こえ、背中にぞくっと悪寒が走った。

こんちくしょう。おどかしやがって。なんでまたこんな時間に遠吠えなんかする気になりやがった。盛りがついたか？

グリンゴは家に向かった。どっかり腰かけて、冷蔵庫にあるビールを心おきなく飲んでやろう。ビールはいつでも切らさないようにしていた。人里離れた場所に住んでいるが、一週間に一度、行商人が来て、三ケース置いていった。この暑さだから、備えが肝心だ。彼にとってビールは水のようなものだった。酔っ払いたければウイスキーを飲むが、ほろ酔い機嫌になるにはビールで十分だった。

酔いつぶれることは、めったになかった。年をとるにつれ、アルコールを飲むと抑えがきかなくなりけんかっ早くなった。若い頃もけんかになることはあったが、殴り合い程度でどうにかおさまった。だが、おいぼれてきた今は、おとなしくしているのが身のためだった。飲み屋でのいざこざも、今は昔と違う。前は行き過ぎたとしても、ナイフをつきつけられるのがせいぜいだった。だが今は、どんなひよっこでもピストルを出してきて、何でもないことで脳みそをふっとばす。

酔っ払いたいなら、家で飲む。ときどき酔いたくなるし、酔うのは楽しい。気分がよくなって、ひとりでに踊りだしたくなる酔いはじめは特に。仕事の礼にと、チップがわりにときどき警官がくれるJ&Bをとり出し、ポーチから外にテーブルを出して、ボトルをあけ、空になるまで飲み続ける。カセットで何曲かチャマメをかけて、タピオカを呼んで、隣に座らせる。未成年だからウイスキーは飲ませないが、ビールは何杯かふるまってやる。

最初は、音楽の合間の静寂をぬって、黙って二人で星を見る。それから、週末なら、踊りにいく若いのがどっさり乗った車やら、夜の涼しいうちに距離をかせごうとする長距離トラックやら、大胆に道路を横切って、道路脇の土手から、きらきらした目でこちらを見つめている野ウサギを見た。それから、何を話したかあとからはさっぱり覚えていないが、一人でしゃべり続けた。タピオカはすぐそこに、兵隊みたいにびしっとして座っていたが、たぶん何も聞いていなかった。

昔のことを思い出していたのだろう。若くて、樫の木のように頑強だった頃のこと、飲み屋で夜通し飲んだこと、娘たちとのいざこざのこと。若い頃、彼はいい男だった。女が勝手に言い寄ってくるので、やきもちをやかせないように、一晩で何人もと寝てみせた。今はめったにやりたくならない。筋肉がたるんできて、勃起することも日ましに少なくなっていた。

ボトルがあくまで数時間かかったが、空になるまでは、テーブルに届かないところで小便をしようと数メートル歩くときしか立ち上がらなかった。氷はタピオカに持ってこさせ、カセットを入れ替えたり裏返したりするのもタピオカだった。

最後の一杯を飲みほすと、テーブルにそのまま突っ伏した。翌朝、もう日が高くなってから目覚めたときは、服を着たままベッドにいた。

グリンゴが、古いガソリンポンプの横を通りすぎると、バヨが、遠吠えの体勢をとるのをやめて、キューンと鳴き、前脚を突き出して体を伸ばし、尻を振った。

「どうした、ルシート？　恋でもしたか？」頭をなでてやってそう言うと、グリンゴは開いたドアのほうに向かった。

18

グリンゴが清潔なシャツに着替えて、冷えたキルメス〔アルゼンチンのビールの銘柄〕の小瓶を手にもう一度外に出ると、空が暗くなっていた。

さっきからほんの数分しかたっていない。

「なんだよ、おい」ポーチから顔をのぞかせて言った。

空はどんよりとした灰色の分厚い雲におおわれていた。風と雷と、おそらくは雨をはらんだ雲だ。わずかな間に嵐の気配が迫っていた。

このところ不足している雨をもたらすのでなければ、グリンゴは母親に教わったやり方で嵐を撃退していただろう。嫌な雲行きだった。母親は死ぬ前、グリンゴに〈秘密〉を伝授した。開けた野原の真ん中で嵐に向かって立ち、斧で三回十字を切り、三回目で斧を大地につきたてる。見たことがない者は嘘としか思わないだろうが、そうすると空が開き、怒り狂う嵐がただの突風に変わる。嵐はしっぽを巻いて、〈秘密〉を知る者のいないところに退散する。だが、〈秘密〉を知る者は、用心して使わなければならない。今、大地はあちこちに亀裂を走らせ、少しでいいから水をくれと絶叫している。嵐を遠ざける時ではなかった。

自然というのは、人間が知りうる秘密をいっぺんに反故にする〈秘密〉を持っていると、グリンゴは考えていた。

ライターで栓を抜き、ビールをそのままらっぱ飲みした。風が土埃を舞いあげ、風で飛ばされたポリ袋や紙切れや小さな木の枝が通りすぎていった。

土埃の中、牧師が道路から小走りに駆けおりてくるのが見えた。犬どもが一匹ずつ現れ、押し合いへし合いしてテーブルの下にもぐりこんでいる。十匹だか十二匹だか、何匹飼っているか、もう数えていなかった。ルシートこと、バヨだけは、彼のかたわらで、刻々と黒く怪しげになる空に向かって、口をわずかに開いて歯をむいた。

グリンゴは、わーっと叫びたくなった。だいぶ前から肺をやられているので、どこにそんな空気と力があったのかわからないが、叫び声が陰った午後の空気を震わせた。バヨも誘われて、ともに長い遠吠えをあげた。

風が牧師のわずかな頭髪をかき乱している。強風でボタンがはずれ、裾がズボンからすっかり出たワイシャツを背中でバタバタとはためかせ、毛深い白い腹をむきだしにして近づいてくる。

牧師はほほえんでいた。この嵐を神に感謝する密かな理由があったからだ。グリンゴは陽気に牧師の肩に腕を回し、ビールの小瓶を手渡した。牧師は気取らずらっぱ飲みした。二人は並んで立ち、おぞましい湿った巨大な動物のように呼吸しながらやってくる嵐を正面から出迎えた。

そのとき、タピオカとレニが現れた。やせっぽちの二人は、目も口も土埃にまみれて、風に逆らいながらやっとのことで足を運んでいるがほほえんでいた。少女の髪はぼさぼさで、スカートはめくれあがり、真っ白なしまった太腿の付け根が丸見えになっている。

二人は、吹きすさび始めた嵐をむかえうつ人間の盾に抱きとめられた。四人は空を仰いだ。その瞬間、それは四人ができる最良のことだった。

どのくらいそうしていたのか知る由もなかった。その充実した無二の瞬間、そこにいる四人全員がひとつになった。空になるまで、ビールが手から手へと回った。父親に止められることなく、レニさえ口をつけた。

最初の硬く冷たい雨粒が落ち始めた。まもなく雨は銃撃のようになり、四人の分隊はポーチの下に駆けこんだ。

19

雨はすさまじい土砂降りになった。木の枝と草で屋根を葺いたポーチはそこらじゅうから雨漏りがして、側面からも横殴りの雨が入ってきた。だが、四人はしばらくそのままそこで雨を見ていた。地面に落ちた雨粒は、からからの大地にまたたくまに吸いこまれていく。ぬかるみができるには、降りだしてから二時間はかかりそうだった。

レニは腕で体を抱いた。気温はほとんど下がっていなかったが、服がびしょ濡れで、髪の毛の先から肩にしずくがしたたっていた。こんな雨は記憶になかった。稲妻が、青い鞭のように空で光り、あたりを不気味に照らしだす。

五百メートルほど先の野原で、雷が木に落ち、木はだいぶ長いこと、雨を圧倒するオレンジの炎をあげて燃えていた。

美しい光景だった。ときおり降りが激しくなると、ほんの数メートル先のガソリンポンプも雨のカーテンで見えなくなった。

四人は無言だった。それぞれ自分の秘めた物思いに沈んでいた。とうとうグリンゴが、だみ声で言った。

「中に入ろうや」

嵐で電気が切れていたので、ライターの火をかざして彼が先導し、風にゆらめく火をたよりに蠟燭のパッケージを探した。何本かに火をつけ、部屋のあちこちに置いた。タピオカが外からプラスチックの椅子を持ってきて水滴を拭き、四人は台所の小さなテーブルを囲んで座った。

部屋の中央で雨漏りが始まり、下に鍋を置いた。トタン屋根のすさまじい雨音にもかかわらず、金属の鍋底に定期的に落ちる雨だれの音ははっきりと聞きとれた。

犬たちはベッドの下にもぐりこんでいたが、バヨだけはドアのそばに座りこんでいた。

「長い夜になるな」と、グリンゴが言って、冷蔵庫からハムとわずかなチーズとパンをとりだした。タピオカはコップを並べ、自分とレニのためにコーラを持ってきた。大人たちはビールを飲んだ。四人は黙々と食べた。嵐の興奮で腹が減っていた。中に入ると、外で生まれた共同体の感覚に内省が加わった。

牧師は、食べ物に感謝しましょうとさえ言い出さなかった。四人とも一日の仕事を終えた肉体労働者のようにがつがつと食べた。普段は少食の（母親をおきざりにしてから、一口食べさせるのにもどれほど苦労してきたことか！）レニさえ、嵐の貪欲さがのりうつって、男たちとそろって食べた。

テーブルの上のものがすっかりなくなると、レニは満足げに二枚のカッティングボードとナイフを片づけ、パン屑を台拭きで拭きとった。グリンゴがタバコに火をつけると、彼女は、その場にいる唯一の女性としての役割を自覚して、いそいそと空の灰皿をとってきた。

レニは、遊び方をひとつも知らなかったが、トランプをしないかと言い出した。タピオカがたんすの上から靴の箱をおろした。中には束ねたトランプと、サイコロとサイコロの壺、写真がどっさり入っていた。グリンゴと牧師は、二人で遊べと言った。牧師は、運次第の遊びを軽蔑していたが、その夜は大目に見ることにした。グリンゴの言うとおりだ。長い夜になりそうだから、眠くなるまで子どもたちは何かで楽しんだほうがいい。

そこで、レニとタピオカはベッドのところにいき、靴箱を間にはさんで両側に腰かけた。

牧師とグリンゴは、小さなテーブルで、ほとんど膝をぶつけそうにして、向かい合って座っていた。少しだけ隙間をあけた窓からは何も見えなかった。稲妻が炸裂する瞬間をのぞいて、外は一面真っ暗だった。だが、稲妻が光っても、何も見えなかった。何もかも白くなるからだ。雷のピークはすぎていた。青白い光に続いて、小さな雷鳴がごろごろと響くだけだった。風も弱まったが、雨はまだ激しく降り続いていた。大地は、長い日照りの夏の渇きをうるおし、もうすっかり水がしみこんだ証拠にゴボゴボと泡を吐きだしていた。

食べ始めてから、別の世界に行っていたようだったグリンゴが、ぶるっと頭を振って言った。

「そういえば、車が動くようになったと、もう言ったかな」

「いいえ。それはよかった」

「ああ。天気が崩れないうちに終わればよかったけどな」

牧師がにっこりした。

「いえいえ、途中で降りこめられなくてよかったですよ」

「確かに。そのほうがやっかいだ」

「ほら、主はなさることの理由をわかっていらっしゃるのです」

「神の話はよそうぜ、ピルソン」グリンゴは頭を小さく振りながら言った。「なんでそうなったのか説明のつかない例なんざ、両手に余るほどある」

「いいでしょう。あなたにはあなたの考えがおありだ」

「ああ、こっちにはこっちの、そっちにはそっちの考えがある」

牧師はコップのビールを一口飲んだ。相手が話し始めたので、会話をとぎらせたくなかった。

「で、車はどこが悪かったのですか?」

グリンゴは笑った。

「さあな、さっぱりわからねえ。モーターが新しくなるようにあれこれいじってるうちに動きだした。機械ってのは時どき、キリストの道みてえに予想がつかねえもんなんだよ」と、まぜかえした。

牧師はまたほほえんだ。

「自動車整備士になる前は何をなさっていたのですか？」

グリンゴはタバコに火をつけて、椅子の背にもたれた。顔をあげて、煙をふーっと吐きだした。自分のことを話すのは慣れていなかった。人と話すのは現在のこと、今起こっていることだけだった。昔の話をするのは、いつだったか覚えているかなどと、誰かにたずねられたときだけだった。彼のような男は、自分からべらべら話すようなことはしない。女とベッドに入るなど、警戒をといたときでもそうだった。酔っぱらったときなら話すかもしれないが、聞き手はタピオカしかいない。タピオカはもはや自分の一部のようなものだから、タピオカに話しても、それは自分に話すのと同じだった。

だが、その夜は違った。雨に降りこめられ、相手は話したがっていた。それもいいかもしれない。二匹の犬のようにちらちら相手を横目で見ながら飲み続けるか。あちらは会話の糸口を探している。悪い人間ではなさそうだ。住む世界はまるで違うが。

「徴兵に行く前は、徴兵はバイア・ブランカでな、あんな寒い思いをしたのは生まれて初めてだった。考えてもみろよ、地獄のこっちの端からあっちの端に行くようなもんだぜ。前は、親父んとこで働いてた。ビジャ・アンヘラの駅前で食堂をやってたんだ。一日二十四時間働き詰めよ。取り入れの季節は最悪で、休むひまもなかった。交代で眠ってな、親父とおふくろと俺とで、一人息子だったから。使用人が一人いたが、しょっちゅう辞めては、別のを雇う。どんなよさそうな奴も、じきに酒の味を覚える。すぐ手に入るからな。親父はカウンターで、おふくろが料理を作って、使用人と俺が交代で注文をとって、食べ物や飲み物を出した。ボトルを持てるようになったときから俺は働いてた。おふくろはいつも娘をほしがってた。料理を手伝ってもらいたくて。だが、そうはいかなかった。俺のあとは、それっきり子どもはできなかった。おふくろは人から女の子をもらって育てたがってた。当時綿畑で働く労働者はみんな家族で来ていて、頼めばすぐに里子をもらえた。子どものできない金持ちはよく、そんなことをしてた。だが、親父が許さなかった。血が血を呼ぶから、どんなにかわいがったところで、そのうち自分の親のところにもどっちまうって言ってな」

「あなたもそう思いますか?」レニと別れた妻のことを思ったのだろう、牧師が口をはさんだ。

「そうって?」

「血が血を呼ぶと」

グリンゴはタピオカのことを、そして彼を置きざりにしたときに母親が言い残したことを考えた。

「さあな。自分の運命は自分でなんとかするもんだし、なんでそれをすんのかは、自分でわかってると俺は思うけどな」

牧師は首を振って、グリンゴを見つめ、

「要するに、家が食堂で、ご両親と働いていたのですね」と言って、話題を戻した。

グリンゴは立ち上がって、空の瓶をさげて、新しい瓶を置いた。

「そうだ。十八で徴兵に出るまでな。あれで俺の人生は変わった。それまで俺は一度も村を出たことがなかった。釣りにいく暇もなかった。だが、食堂で働いてりゃ、何もかも見られた。客は日雇いばかりじゃなかった。おふくろは料理がうまくて、店は朝から晩まであけてたから、いろんな人間が食いにきた。鉄道技師から綿繰りから地主から、やっとのことで金を工面したインディオまでな。アルコールが入ると、どいつもこいつもどうしようもなくなった。一度なんざ、チャコで働いてる二人の白人のエンジニアがけんかになった。スポンジみてえにウイスキーをがぶがぶ飲んでな。いやあ、ウイスキーっていっても、アルコールそのものみてえなやつだぜ。パラグアイからこっそり仕入れてた。来たときは仲よく、飲んでたんだ。あっちの言葉で話してたから、わかんねえけど。それがいきなり、なぜか知らねえけど、怒鳴り合いになった。親父はそういうのは、よほど度を越さねえ限りほうっておくことにしてた。けど、その白人どもときたら、止めにはいる暇もなく、いきなり片方がリボルバーをとりだして、相手の頭をふっとばした。その夜も、ふだんどおり、地元のなじみ客がわいわいやってたけど、あんときはまちがいねえ、みんないきなり酔いがさめたよ。真っ青になって、椅子にすわりこんだ。幽霊みてえにな。タバコの火さえ凍りついた。ぶちかました白人はってえと、木の葉みてえにぶるぶる震えだして、銃口を口に入れようとするのに、手が震えて入らねえ。で、親父が銃をうばって、入り口までひきずっていって叩きだした。帰ってくれ、ミスター、帰って、自分のしたことを考えろってな。で、カウンターに戻ると、俺を警察に行かせた。自転車で出かけた。野蛮と思うだろうが、自分が偉くなったみてえで興奮してた。警官が来て、遺体を運んでいった。誰も何もたずねなかった。おふくろは白人がいたテーブルを片付けて、床に飛び散った脳みそを掃除した。『一杯ずつ店のおごりだ。仕切り直しだ』と親父が言った。五分後には何もかも忘れて、いつも通りさ。てか、いつもよりよけいに飲んでた。自分じゃなくてよかったと思ってたんだろうよ」

グリンゴが笑った。牧師はコップをあけ、満たしてくれるようつきだした。

「こんどはあんたの番だ」グリンゴが促した。こうなったら、思い出話もそう悪くはなかった。「何人人が死ぬのを見た？」

牧師はコップのふちに唇をあてて、綿のような泡を少しだけすすった。かすかな音がしたが、トタンにあたる雨音にかき消された。それから顔を片手でぬぐった。ひげが生えはじめて頬がざらざらしている。

「おおぜい見ましたよ。みなベッドの中でですが」そう言うと、どちらもにやりとした。

牧師はもう一口飲み、今度は泡の層をやぶって液体をすすった。

「でも、子どもの頃、首を吊った男を見たことがあります」

グリンゴは興味をひかれて、身をのりだした。

「子どものとき、母と二人で祖父母の家に住んでいたんです。私が生まれる前に、父が私たちを棄てたので。中庭の奥にバスルーム付きの離れがありましてね、祖父はそこを人に貸してました。家族のいない、独り身の男でした。船乗りで、そこそこの年金をもらっていたのですが、ずっと船に乗っていて家族をつくらなかったのですね。その人がそこに住んでいたのです。あまり話をすることはありませんでした。出たり入ったり、外に出てることが多くて。夜は出かけて、昼間は寝ていました。賭博をしていたのかもしれません。祖父よりは若くて、年からいうと父のほうに近かったので、私はどこかひかれるものを感じていました。けれど、その人は子どもには興味がなくて、私のことなど眼中にありませんでした。あとで知ったのですが、父もやはり船乗りだったので、何か感じるものがあったのかもしれません。それで、私はいつでも離れに行く口実を探してました。怒られるのがおちでしたが、その人が出てくるまで離れの壁にボールを蹴ってぶつけたり。真っ昼間に、その人はぼさぼさの頭をして寝巻き姿で出てきて、とっととうせろと怒鳴ったものです。それで私は満足でした。でも、時には祖母に使いを頼まれることもありました。得意料理をつくると、彼の分をよりわけて、私に持っていかせたのです。ある日、昼ごはんに祖母はその人の好物のシチューを作って、私を使いに出しました。あとになって、そういえば二日ほどその人を見かけていなくて、その人が出かけるたびに小道に残していくイギリス製の香水の匂いも嗅いでいなかったと思いあたりました。私は熱々のシチューの皿を両手で持っていって、何度かドアをノックしました。返事がないので、ドアノブをまわしてみました。鍵がかかっていなかったので、肩で押して入りました。鎧戸が閉めきられていて、部屋の中は真っ暗でした。入ったとたん、甘ったるいむっとする匂い、嗅いだことのない異臭がしました。シチューの皿を、手探りをして最初に見つけた平らなところに置きました。そして、やはり手探りで探して電気のスイッチを入れました。最初に目に入ったのは、七歳の子どもの目の高さにあった靴でした。磨きあげられた、ハンドメイドの高級品です。目をあげると、スーツのズボン、ズボンに入れてある絹のワイシャツ、ジャケット、ポケットのチーフ、首にかかった縄が見えました。どういうわけか私は縄より上は見ず、だらんとさがった肩と、ぶらぶらしている腕、静脈の浮きでたにぎりこぶしにかかった、カフスが光る袖口に目を落としました。二、三歩あとずさりをして、中庭に出て深呼吸をしました。どういうことか、わかっていたけれど、わからなかったのです。わかっていたけれど、どう言えばいいかわからなかったのです。おかしなことですが、私は家に戻り、テーブルについて、皿に盛られたシチューを平らげました。最後の一口を食べたところで、床に嘔吐しました。全部吐き終わると、祖父に言いました。見に行って、死んでるよと」

牧師は話し終え、何口かビールを飲んだ。口が乾いて、頬が燃えているのを感じた。神様だけがご存知のそのエピソードのことは、もう長いこと思い出したことがなかった。一度だけ、確か、まだ恋人だった頃、驚かせようとレニの母親に話したのが最後だった。

グリンゴも衝撃を受けていた。自殺した者を見つけるのと比べれば、生きている男が死ぬところを目の当たりにするのなど大したことないとでもいうように。感じていることは違っても、根底にある疑問は同じだった。なぜその独身男は首を吊ったのか、なぜそのエンジニアはもう一人のエンジニアを殺したのか。手をくだしたのが誰かにかかわらず、死は虚しくわけがわからないという以外の何ものでもなかった。

20

タピオカはスペイン式のトランプで簡単なゲームをレニに教えようとした。けれども、彼女はすぐに、箱に入っている写真のほうに気をとられた。知りもしない人の写真の山の何が楽しいというのだろう。女性たちの興味の行方は、タピオカにとって未知の領域だった。

ベルメヒトで写した自分とグリンゴの四、五枚の写真のほかは、何の説明もできなかった。グリンゴの死んだ親戚の写ったセピア色の写真。ある写真の中の幼い男の子は、どうやらグリンゴのようだった。

レニはその写真を手にとり、しげしげと見てから、タピオカを見た。四十年以上前のものらしいので彼のはずはなかったが、どこか似たところがあった。

グリンゴと父はさかんに話しこんでいた。レニは耳を傾けたが、二人とも小声で、しかも雨音がやかましいので、ほとんど聞きとれなかった。酔っぱらいだとか、首吊りだとか、聞こえただけだった。いずれにせよ、二人は心を通わせているようだった。

そんな父を見たのは初めてだった。イエスの御名を絶えず持ち出すことなく、くつろいで飲んでしゃべっている。野育ちの凡人と話しこむ父に、レニは親しみをおぼえた。だが、そんな姿を見たら、ピルソン牧師ならなんと言うだろう。

一日の大半を父と過ごしている彼女が知る限り、牧師のピルソンはそのような関係を決して認めそうになかった。牧師はすぐにもブラウエルを改宗させたに違いない。だが、ただの父はそうはできるはずがなかった。

「ブラウエルさん」レニが呼んだ。何度か呼んで、やっと相手は振り向いた。「これってブラウエルさんですか?」

小さな写真をもちあげて、レニはたずねた。

その暗さと距離では、グリンゴからはもちろん見えなかった。

「どうかな」そう言って彼は、レニに「こっちにこい」という仕草をした。

レニはその写真だけを持って、テーブルに近づいた。グリンゴが四角い紙をつかんで、顔に近づけた。

「ああ、四歳くらいのときかな」そう言って牧師にまわすと、彼も写真を見て、やわらかくほほえんた。

「誰でもこんなガキだった頃があるってのは、妙なもんだな」グリンゴがタバコに火をつけながら言った。

「このところ私は、自分が子どもだった頃のことをよく思い出します」

「父さんが子どものときの写真は見たことないよ」

「そうか、たぶん、どこかに一枚くらいあるはずだ」

「考えてみたら、わたしのもないよね」

「私は昔から写真は苦手なんだ」

「まさか、魂を抜かれると思ってやしねえよな」グリンゴがからかった。

牧師は小さく笑って、肩をすくめた。

「ねえ、父さん、わたしの写真はないの？」

「あるはずだよ、レニ。明日見てみよう」

レニはまたベッドに座った。自分の写真が見つかったなら、母親と写っているものもあるかもしれない。そしたら、顔を思い出せないと悩まずにすむ。記憶があやふやになるたびに、見れば思い出せるだろうから。

「そこにあるのは、ほとんどおふくろが持ってた写真だ。死んだとき、もらってきた。もとからその箱にいれてあったんじゃねえかな。たいていは誰かもわからねえ。なんで写真なんかとっておくんだろうな。結局肝心なのは、今ここにあるものだけなのによ」グリンゴが、自分の額に人差し指を当てて言った。

しばらく、四人とも黙りこんだ。しつこく降り続く雨の音が静寂の一部となった。

牧師は、言いたかったことをきりだす潮時だと思った。そこで、グリンゴ以外の耳にも聞こえるように、声をはって話しかけた。

「ブラウエルさん、あのですね、タピオカがカステジに一緒に来てくれないかと思っているのですが」

トランプの一人遊びをしていたタピオカが、自分の名を聞いて顔をあげた。

「カステジに？　なんでまた、タピオカが」

「二日間だけです。町を知るためです」

「タピオカはカステジならもう知ってるよ。何度も行ったことがある、な、そうだろう？」

「何？」タピオカは、聞こえていなかったふりをした。

「だから、カステジには何度も行ったことがあるよな」

「うん」

「それはなおありがたい。レニを案内してもらいましょう」

「おい、ピルソン、何言ってんだ」

グリンゴはもう一本タバコに火をつけて、残っていたビールをコップにあけた。

すると、牧師は内緒話をするように声を落として、グリンゴだけに聞こえるように言った。

「いえね、娘は難しい子なんです。私たち親子はあまりうまくいっていません。そういう年頃なのでしょうが、私の言うことにいちいち反抗して、いつでも怒って私を非難するのです。だが、タピオカとは気があうようだ。なかなか人とうまくいかない子なんですよ。タピオカがいてくれたら機嫌よくしてくれそうです。さっきも言いましたが、あれほど心のきれいな子は見たことがありません」

グリンゴは首を振って、苦笑いをした。上を向いて、煙をふうっと吐きだした。それから体でぐっと押して、プラスチックの椅子の脚をセメントにこすらせながら椅子をひいた。立ち上がり、冷蔵庫にビールをもう一本取りにいった。キッチンカウンターの下を手でさぐって、ビールを何本か冷蔵庫にしまった。まだ電気が切れていたので、あまり意味のない行為だったが、冷蔵庫の内側にはまだ氷がはりついていたので、いくらかは冷えそうだった。

何本かの蠟燭が燃え尽き、まだ火がついているものも消えかかっていた。グリンゴはもう一箱、蠟燭の包みを開けた。こういうときのために、しっかり備えをしてあった。このあたりでは、よく停電があった。何本か、火をつけると、最初の蠟燭のとけた蠟の上に刺した。黄色味をおびた光が、ふいに大きくなった。

グリンゴは、窓の外の様子をうかがった。まだ雨は降っているが、嵐は去っていた。窓を一つあけはなった。強風はやんで、さわやかな微風が吹いていた。空気が動いて、一瞬蠟燭の炎が揺れたが、すぐにまた安定して燃えだした。

部屋の空気が入れかわった。そのとき、中がむしむししていたことに初めて気づいた。服はかわいてきていたが、締めきってあった室内の湿気でまだべたべたしていた。

グリンゴはまた両方のコップにビールを満たした。彼のほうは、もう話は終わったつもりだった。

だが、牧師はあきらめていなかった。

「タピオカが来てくれたら、レニもとても喜ぶでしょう」

「こっちは仕事がどっさりあるんだよ、ピルソン」

「二日間だけです。約束します。火曜日の朝にはかえしますから」

「だめだ。無理なんだよ」

タピオカは、会話に加わる機会がないかとずっとうかがっていた。レニはずっと写真をめくり続けていたが、やはりテーブルの二人の会話のなりゆきに固唾をのんでいた。

「タピオカのためにもなりますよ、ブラウエルさん。同年代の子たちと知り合って、話ができる。いたって健康的です。ちょっとした休暇みたいなものです」

「福音派のガキどもが、いちんちじゅうイエスのことをくっちゃべってるのが健康ってか？　冗談はよしてくれ、ピルソン」

「僕は行ってもいいよ。ボスが行かせてくれるなら」ベッドから、タピオカがぼそっと言った。

グリンゴは、聞こえないふりをした。振り向いて見もしなかった。

「そう言ってますよ」牧師はかすかにほほえんで言った。

グリンゴはビール瓶をつかんで、ポーチに出た。

21

バヨが後に続いた。前足に重心をかけて体を伸ばし、背中をぶるぶるっと振って、うめくような声をたてて小さなあくびをした。それから、濡れた地面に座りこんだ。

グリンゴは水びたしのテーブルに瓶を置いて、ひさしから顔をのぞかせた。雨はまだ降っていたが、最初の勢いはもうなかった。やる気がないが、しなければならないことを惰性で続けているというふうに、空から単調に落ちている。ときおり、音のしない稲光が弱々しく空で光った。

嵐はトスタドの上か、もっと遠く、もっと南の方に行ってしまったようだった。どんな新型車よりも足が早い。さっきよりさらに弱まったようだ。動いたぶんだけ消耗したかのようだった。

明日のラジオは、嵐のことでもちきりだろう。家が壊れたとか、畑で被害が出たとか、動物が死んだとか。死者も出たに違いない。電柱に雷が落ちて電線が切れたところに、運悪く居合わせたとかで、いつでも人が死んだ。北のほうでは、川が決壊して洪水になっているだろう。いつもそうだ。日照りに苦しめられたかと思えば、次は雨にやられる。このあたりの土地は災害に事欠かず、しじゅう罰せられているかのようで、手かげんは一切なしだった。

グリンゴはらっぱ飲みして、深く息を吸いこんだ。いつでも空中に舞っている土埃がない、清浄な空気をようやく吸える。細かな土は鼻から入り、肺まで届いた。死の土埃を吸い続けているせいで、彼は肺をやられていた。

かすかな稲光で、アスファルトが見えた。木立は生まれたばかりのように、すっかり雨に洗われ、車の残骸さえ、すぐにも道をまた走りだそうとしている新車のようだった。

けれども、そんな魔法はじきにとける。明日になれば、すべてはもとどおり、ぎらつく太陽が、雨の名残をじきに消し去るだろう。

昔が懐かしくなった。湿った闇の中に若い頃の自分が見えた。腕っぷしにものをいわせて車体をもちあげたり、自分の脚ほどの太さの鎖を何メートルもひっぱったりして、まるで子どものおもちゃのようにトラクターを動かしてみせている自分。そんなふうに何もかも易々とやってのけた。兵役のとき、若い男の匂いが充満するバラックで五十人もで雑魚寝したことを思い出した。あと数年もしたら、自分もすっかり年寄りになるだろう。嫌がろうがどうしようが、時の流れには逆らえない。

「ブラウエルさん」

牧師の声に、自動車整備工はとびあがった。

「聞いてください。わかってもらわなければなりません」

「何をわかれってんだ？　ほっといてくれ」

「あなたは、あの少年の中にある光るものがわかっていません」

「光るものだと！　何言ってるんだ、ピルソン。タピオカはいい子だ。それは認める。いい子だから、そのうちにいい人間になるだろう。そんなのは、不思議でもなんでもねえ、違うか？　よくもねえやつをすごいと言うなら、そりゃへんだけどよ。ピルソンよ、どうやらあんたはとんだくわせものだったみてえだな」

「タピオカは、ただ善良な人間というだけではありません。清らかな魂の持ち主です。キリストのために生まれついた子です」

「冗談はよせ」

「本当のことを言っているだけです。信じてください。あの子は偉大なことのために生まれてきた子です」

「何が偉大なことだ！　なんだよ、偉大なことって。あんたが偉大だってか？　自分は偉いと思ってんのか、ええ？　いいかげんにしろ」

「私たちよりも、もっと大きな運命があるのですよ、ブラウエルさん」

「車は直ってる。夜が明けたら、もうじき明けるから、とっとと出ていってくれ。娘がいなけりゃ、もうとっくに追い出してたよ」

「聞いてください。私はタピオカのような少年だった。ブラウエルさん、善良でしたが、誰にも導いてもらえず、途中で苦労しました。キリストが導いてくださっても、一人で放りだされ、愚鈍さや若さゆえ、キリストの言うことを理解できないこともありました。私が人生をあずけた者はみな、私を見棄てました。私に別のことを期待したのです。タオピカを見たとき、四十年前の自分だと思いました。主イエスはこの少年を見つけ、救うために、私をここによこしたのだと理解しました」

「救うだと？　よしてくれ。あんたは酔っ払ってるんだよ」

「いいえ。あなたは私をわかっていない。イエスを育てたヨセフは、イエスを手放す時をわきまえていました。あなたにも同様の寛大さを持っていただきたいのです。あの子にどんな運命が待ち受けているか、あなたはまったく考えていません。それではあの子の人生はだいなしです」

「勝手にほざいてろ」グリンゴはそう言って、肘をあげてまたビールをあおった。

そのとき、ピルソンがその肩をつかんだ。反射的に、グリンゴがあいているほうの手のひらで牧師の胸を押しかえしたので、牧師はよろけてその場に座りこんだ。グリンゴは瓶を置いてかがみ、牧師のシャツの胸ぐらをつかんだ。最初は立たせてやるつもりだったが、牧師が立ちあがると、もう一度、雨の中に押し返した。

牧師はもう一度倒れるかに見えたが、どうにかもちこたえ、反射的に拳を握りしめて、グリンゴにとびかかった。予期せぬ反撃に、グリンゴはぬかるみでよろけ、二人おり重なって倒れた。胸の下についた手を押して、グリンゴは立ちあがろうとしたが、牧師が髪をつかんでいた。目の前に怒りで歪んだ牧師の顔が見え、アルコール臭い熱い息が感じられた。

「女のけんかかよ」身動きがとれず、泥に半分顔をつっこんだままで、グリンゴは馬鹿にしてみせた。

牧師は恥じいって手を放し、相手の腰に馬乗りになり、パンチをくりだそうと腕をふりかぶった。だが、グリンゴは一瞬の隙をついて、羽のように軽々と牧師をはねのけた。

今やグリンゴは心の底から激怒していた。ずぶずぶと足がぬかるみにめりこむのもかまわず、身構えた。

二メートル先で、牧師も同じようにした。

「来いよ」グリンゴは、小馬鹿にしたように指を動かして挑発した。「いつでもいいぞ」

牧師は真っ赤になって、とびかかっていった。一度もけんかはしたことがなく、どうするかは見当もつかなかった。グリンゴは、顎へのクロスカウンターで受けてたった。牧師は脳みそが頭蓋骨の中で跳びはねたかのようだった。目の前が真っ白になり、続いて腹にパンチをくらい、今度は真っ暗になった。

目を開けたとき、どのくらいたったのかわからなかったが、膝に手をあて、髪から水をしたたらせながらのぞきこんでいるグリンゴが見えた。心配そうな顔つきだ。牧師はにやりとすると同時にクレーンのように両腕をつきだし、グリンゴの首をつかんだ。グリンゴは体をそらしてふりほどこうとし、その拍子で牧師が立ち上がった。グリンゴは相手の腎臓のあたりを殴った。そこは牧師の泣きどころだった。痛みの波で指がゆるみ、自由になったグリンゴは、片手で首の後ろをさすりながら何歩かあとずさった。

グリンゴは舌を出して、ひげから垂れている水滴をなめ、にやりとした。

「キリストはどこだ？　助けにきてくれるんじゃねえのかよ」

「馬鹿なことを言わないでください」牧師は荒い息で言った。「こんなことは意味がない。あなたがどう思おうが、タピオカは私と一緒に行くのです」

牧師の口から少年の名前が出るのを聞くと、グリンゴの怒りに再び火がついた。腰をかがめて突進して、頭突きで牧師を倒した。しかし、そのはずみで咳の発作が起きた。とりつかれたように咳きこみはじめ、少しでも肺に空気を送りこもうと、開いた口から涎と痰をたらしながらもがいた。体を折り、片手で胸を押さえ、残った力で牧師の横っ腹に蹴りをいれた。だが、じきに咳きこみながら横倒しになった。ぬかるみに顔がはまらないように片腕でささえ、おさまるまで咳きこみつづけた。それから、腕を脇に垂らしてへたりこんでいる牧師のとなりに、仰向けになって寝ころんだ。

22

タピオカとレニは、ポーチで足をふんばって吠えたてるバヨの声を聞き、殴り合いが始まるなり外に出た。バヨは背中の毛を心持ち逆立てていたが、わりこんで飼い主に加勢しようとはしなかった。リングにのぼって試合の行方を変えたいが、そうするわけにいかないとわかっている観客のように、胸をざわつかせながらその場にとどまっていた。一方のボクサーに向かってさかんに唸り、左右に行ったり来たりしてはいたが、ポーチの庇の下からぬかるみの中に出ていこうとはしなかった。

レニとタピオカもわりこまなかった。

レニは黙って腕を組み、殴り合いの成りゆきを見守った。さながら、見ごたえのない予選の試合を観戦しながら、こんなつまらないものに体力を浪費しないで、本物のチャンピオンがリングにのぼったときのためにエネルギーを温存しようとしている観客のように。だというのに、いつのまにか、泣き始めていた。涙が流れるだけで、声はたてずに。空から降る雨のように、目からこぼれ落ちる涙は、雨に紛れて消えていった。

タピオカはズボンのポケットに両手をつっこんだ。動転したまま、右足、左足と、順に体重をかけて体を揺らしていた。グリンゴと牧師がけがをするのではと怖かった。だが、止めに入ってはいけないとわかっていた。自分が原因だったとしても、それは行きすぎだ。これは彼ら二人の問題で、実際自分とは何の関係もないことだ。結局のところどちらも、彼が何をしたいかなど、気にとめてもいないのだった。

だが、彼がしたいことは、グリンゴはおもしろくないだろうが、牧師が約束したこととかかわっていた。牧師に約束されたからではなく、彼の内なる声がそうしろと告げていた。その声は、キリストのところに彼を呼んでいた。野山の真ん中で、あるいは、夜、ベッドの中で、グリンゴは眠っているが彼は目が冴えているときに聞こえてくるのと同じ声だ。その声の意味が、今ようやくわかったのだ。

少年と少女と犬は、殴り合い、ぬかるみに倒れる男たちを見守った。アルコールの入ったなまった体での、頼りないふらふらの応酬。しまいに二人は地面に倒れこみ、新たな日の訪れを告げる白んだ空を、雨のベールごしに見つめた。

雨は今や、ほんものの雨から、不承不承に降る霧雨に変わっていた。

レニは両手で顔をぬぐって、ポーチの外に降りた。バヨも筋肉を固く緊張させて、のろのろと後を追った。しっぽを小さく振って、飼い主の顔を舐めると、泥だらけの片腕がのびてきて、犬の清潔な毛をなでた。タピオカもあとから来て、レニと二人がかりで男たちを立ち上がらせた。


家の中で、レニはやかんを火にかけた。ひどく腹が立っていたので、腕を組んでみなに背を向けて立ち、コンロの青い火を見つめていた。唇を嚙み、小鼻がひくひく震えている。湯が沸騰し、やかんの音で我に返った。片手で額をぬぐって、コーヒーがないかとそこらの容器の蓋をあけていった。

「ここだよ」タピオカが瓶を渡した。

彼女は鍋に粉を少し入れ、湯を注いだ。さわやかなコーヒーの香りがぱっと広がった。

雨は、ほとんどやんでいた。

グリンゴ・ブラウエルと牧師は、濡れて泥だらけの服のまま、椅子にへたりこんでいた。まだ痣《あざ》はできていないが、体じゅうが痛み、情けない状態だった。

牧師は脇腹をさすった。最後にグリンゴに蹴られたところだ。骨は折れていないようだが、深く息を吸いこむとずきずきした。唇が腫れあがり、眼鏡はどこにいったかさっぱりわからなかった。ゆっくりとシャツのボタンをはずした。

タピオカはそれぞれにバスタオルを渡した。牧師は体に羽織った。娘の前で半裸になるのは不適切に思われた。外で見せた立ち回りも自慢できるものではなかった。神はお許しくださるだろう。だが、レニは怒って、彼を見もしなかった。そのほうがいい、その目には軽蔑が宿っているだろうから。今はそれに耐える自信がなかった。今はだめだ。

ライターの点火音が、はっきりと聞こえた。中も外も、そのくらい静かだった。レニがマグカップに入れてテーブルに置いたコーヒーの香りとタバコの匂いが混じりあった。

タピオカは、グリンゴが肩にかけたタオルのはしをつかんで、手際よくボスの髪を拭き始めた。グリンゴは自分が老人か、あるいは子どもになったような気がした。どちらも似たようなものだが、老人には夢も希望もない。自分がどんな終わりを迎えるか、これまで一度も考えたことがなかった。彼は、あっちこっち動いて暮らしてきた人間で、明日のことなど気にかけたことがなかった。タピオカが人生に現れて、先のことを心配しなくなったのかもしれない。先のことはわからない。だが今、タオルで頭を拭かれながら、世話を焼かれて自分が小さくなったように感じ、タピオカが一人前の大人になっていること、自分が彼の年齢のときにしたように、彼にも好きに歩む権利があることを理解した。時の流れに逆らうことはできない、それはよくわかっていた。

「僕はカステジに行く」タピオカのきっぱりとした声が響いた。

グリンゴがうなずいた。

牧師は心の中でほほえみ、熱く苦いコーヒーを一口すすった。落ち着け、傲慢は人を惑わす罪だと、思った。

「じゃあ、わたしはここにいる」レニが甲高い、急きこんだ声で言った。三人に見られて、彼女は顔を赤らめた。なぜそんなことを言ったのか、自分でもわからなかった。ひどく腹がたって、父親をこらしめたくて、思ったことがつい口から出た。こうなったら後にひけないので、顔をあげて繰り返した。

「わたしはここにいる……、しばらくのあいだ……」

レニはふいに、棄てられた子犬のように車のあとを追いかけていた母の姿を思い出した。ピルソン牧師、つまり父親はアクセルを踏みこみ、自分の妻であり、娘の母親である人間を、バックミラー越しに最後に一目見ようともしなかった。父が自分にもそういう仕打ちをするのがわかって、怖くなった。

「馬鹿を言うんじゃない」父はぴしゃりと、そっけなく言った。

「そうだよ、ここには残れない。俺は……」言いかけて、グリンゴは口をつぐんだ。俺はやっかいはごめんだから、子どもを持たなかった、という言葉が出かかった。だが、タピオカが母親にどう言われてきたのか、タピオカは知っているのか、知っているのに、分別から知らないふりをしているのか、彼はわからなかった。黙ってろ、グリンゴ、それを言っちゃ、おしまいだ。

「ここには俺と犬の場所しかねえ」グリンゴは声に出して言ってから、謝るようにタピオカを見た。

タピオカは目を落とし、胸が詰まるのを感じた。洋服だんすのところにいって、バッグに服を何枚かつっこみ始めた。ここに来たときに持ってきたバッグだった。

23

車は、まもなく、まだ湿っているアスファルトの上の小さな光る点になった。

牧師はそれを見なかった。彼は殴られて痛む体で前かがみになってハンドルをつかみ、眼鏡をかけずに近眼の目で運転していた。開いた窓からは湿った風が入り、風とスピードをあげた車の音しか聞こえない。腫れあがった唇の間に微笑みは消えていったが、幸福だった。恵み深きイエス様、うれしくてたまりません。彼はときどき道路からわずかに目をそらして、ボートに乗せられた犬のように真剣な面持ちで隣に座っている少年を盗み見た。

タピオカはそれを見なかった。彼は窓から顔を出して、家や古いガソリンポンプがだんだんと小さくなり、やがて完全に見えなくなるのを見送った。その絵の中に、犬に囲まれたグリンゴが現れて、手のひらを開いてあげた片腕を、さよならと左右に振ることを期待したが、そうはならなかった。ボスも犬も現れず、彼が育った家はまるで廃屋のようだった。

レニはそれを見なかった。彼女は車に乗りこむなり、座席に横になり、腕で目をおおった。母親を置き去りにしたときのように、バックミラーごしにすべてが遠く小さくなるのを見るつもりはなかった。目を閉じて、イエスにお願いした。もしいるのなら、自分に雷を落としてくださいと。そう頼みながら、眠りこんだ。

バヨはそれを見なかった。バヨはタピオカのベッドに跳びのり、犬がよくやるようにぐるぐる回ってから寝そべり、乳を吸うような規則正しい音を舌でたてながら、脚のあいだに頭をもぐらせて眠ってしまった。

そして、グリンゴはそれを見なかった。少年が抱きついてくるままにしてから、彼はその背中を二度ぱんぱんとたたき、ぐいっと体をひきはなして押しだした。去っていくところを見送りに出もしなかった。ひとりきりで仕事をし、酔っ払い、犬に餌をやって死んでいくのだ。当面、やることはいくらでもある。だから、動きだす前にひと眠りする必要があった。

訳者あとがき

プロテスタントの牧師ピルソンは、十代の娘レニを伴って、都会から離れた場所を巡り布教活動を続けている。ある時、荒野のど真ん中で車が動かなくなり、たまたま通りかかったトラックに牽引されて、自動車整備工のグリンゴ・ブラウエルのところに連れていかれる。

本書、セルバ・アルマダ著『吹きさらう風(原題 El viento que arrasa)』は、前述の三人に、ブラウエルの息子と思われる十代半ばのタピオカを加えた四人の登場人物が一昼夜足らずのあいだに繰り広げる出来事を綴ったリアリズム小説だ。

華やかな舞台や道具立ても、目を引くような事件も何もない。その何もなさがいい。大げさな表現を避けて、小声で語られるような文章からは、太陽に焼かれた辺境の地の匂いや手触りまでが立ち上がってくるようだ。

私が本書を手にとったのは二〇一五年九月、スペインはマドリードの書店ティポス・インファメスですすめられてのことだった。何の予備知識もなく読み、感傷にも甘さにも寄りかからない凛とした物語世界に圧倒され、読後しばし呆然となった。

著者のセルバ・アルマダは、アルゼンチンのエントレリオス州のビジャ・エリサという町で一九七三年に生まれた。エントレリオスは、ブエノスアイレスの北、ラプラタ川とウルグアイ川に挟まれたところに位置する州だ。両親はどちらも、幼い頃に貧しさを経験してきた農家の出で、町は、カトリック色の強い、内陸の保守的な土地柄だったが、両親と兄と妹とともに自然に囲まれ、幸せな子ども時代を送ったという。

十七歳のとき進学のため、エントレリオスの州都であるパラナ（本書にも登場する）に出て、大学で社会コミュニケーションを勉強しはじめた。娘を進学させるのが家庭的に楽でないことはわかっていたので、卒業したらジャーナリストになるつもりだったが、文学への興味が芽生え、方向転換をして文学の教師となった。

文芸評論家ベアトリス・サルロとのインタビュー（「クラリン」二〇一三年四月七日付）によると、子ども時代は、父親が買ってきてくれる「ビリケン」（漫画などの載った子ども雑誌）のほか、小学校の図書館で本を借りて、オルコットやマーク・トウェインやドイルなど、古典的名作を手あたり次第に読んだ。今自分がいる場所とは違う世界、違う人生があるということを教えてくれる文学は、閉塞感のある社会で一種の救いとなった。その後、公共図書館でも本を借りるようになった。だが、パラナで文学に出会ったとき、自分は「きちんとした読書」をしてこなかったことに気づいた。「コルタサルを読んだことないの?」と聞かれ、十代の頃に読んだことがなく恥ずかしい思いをしたと語っている。

そして二〇〇〇年には、ブエノスアイレスに居を移した。

ブエノスアイレスに出てからは、作家のアルベルト・ライセカ(一九四一~二〇一六)の創作ワークショップに長く通い、自分の書いたものを複数の人たちに読んで批評してもらう機会を得て、多くのインスピレーションを受けたという(「エル・エントレリオス」二〇二一年九月二十七日付)。二〇〇六年には「カルネ・アルヘンティーナ」という名の文学サークルを共同主宰するようにもなった。こういった活動は、作家を志す者にとって豊かな土壌となっているようで、アルマダと同じく気鋭のアルゼンチン作家であるサマンタ・シュウェブリンも雑誌「クアデルノス・イスパノアメリカノス」(二〇二一年六月号)で、同国における文学ワークショップの伝統について触れていて、アルマダのワークショップを受講してデビューした作家もいる。

アルマダの名が、アルゼンチンの文学界で注目を浴びるようになるのは、二〇一二年にブエノスアイレスの出版社マルドゥルセ(「淡水の海」の意で、ラプラタ川を指す)から本書『吹きさらう風』が刊行されたときだ。初版は千五百部だったが、読者や批評家から大きな反響を呼んで瞬く間に版を重ねて一万部以上のヒット作となった。マルドゥルセ社が二〇一五年にスペインに進出したことも追い風になったようだ。

現在までに版権は、英国、米国、フランス、ドイツ、イタリア、オランダ、ギリシャ、スウェーデン、ノルウェー、トルコ、ブラジル、インドネシアで売れ、アルマダは、スペインはもとより、ベルリンやパリの文学フェスティバルにも招待された。

また二〇一九年には、エジンバラ国際フェスティバルで、その年、英語で初めて紹介された最も優れた翻訳作品に贈られるファーストブックアワードを受賞した。アルゼンチンというとイメージされやすいブエノスアイレスでもパンパでもパタゴニアでもない、北部の辺境が舞台のローカルな作品が、いかに普遍性を持つものに昇華しているかがわかるだろう。

車の故障と嵐によってもたらされた非日常のなかで、まったく異なる人生を歩んできた二人の男、牧師のピルソンと自動車整備工グリンゴ・ブラウエルが邂逅する。牧師の娘レニことエレナと、グリンゴの息子タピオカことホセ・エミリオも同様だ。生きることの本質が凝縮したような空間がそこにはある。

マルドゥルセ版の裏表紙には「ファン・カルロス・オネッティ（一九〇九―一九九四）からファン・ルルフォまで、ラテンアメリカ文学の伝統を踏襲しながら、フォークナー、マッカラーズなど、北米の作家の影響を受けた小説」と書かれている。ほかに、フラナリー・オコナーやコールドウェルの影響に言及している書評もある。

それをどう読むかは、読者の自由だ。「どの物語においても、私はテーマは気にかけない」「疑問や好奇心に導かれて人物や宇宙に向かっていくだけで、あらかじめ答えがあるわけではない」「書くと、おのずとテーマは現れて、読者がそれに気づいたり気づかなかったりするもの。テーマはこれ、と押しつけたくない」「作品のトーンは、最初から狙うものではなく、書いているものの声により導かれる」と、アルマダは語っている（アルゼンチン文化省インタビュー　二〇二〇年十一月二日、「エル・エントレリオス」前出）。読者や時流への媚びも目配せもない、書くことへのまっすぐな姿勢がうかがわれる。

アルゼンチンの映画監督パウラ・エルナンデスによる映画も、ごく最近完成し、今年二〇二三年八月にトロント国際映画祭、サン・セバスティアン映画祭で披露された。日本でも上映される日が来ることを願っている。

ここで、アルマダの主な作品をあげておこう。まずは、『吹きさらう風』ではじまる「男たち三部作」として括られる、二作目の小説『煉瓦職人たち』(Ladrilleros) と、三作目の小説『ただの川ではない』(No es un río)。もともと三部作を意図したわけではないが、並べてみると、辺境、男性、暴力、限界など、通底するものがあり、そう呼ぶことにしたようだ。

『煉瓦職人たち』は、同じくマルドゥルセ社から二〇一三年に刊行された。アルゼンチン内陸部のマチズモや暴力が支配する村で、対立する二家族の息子同士の恋愛がもとで引き起こされた悲劇を描いた作品で、スペインのティグレ・フアン賞の次点となった。

『ただの川ではない』は、二〇二〇年にペンギン・ランダムハウス社から刊行された。死んだ友人の息子を連れて、古くからの友人である男二人が川釣りにいき、巨大なカワエイをしとめる。だが、それがもとで彼らは島の人間の反感を買うことになる。川と暑さと圧倒的自然を背景に、やはり乾いた筆致で、登場人物たちの過去と現在が描かれる。死者が生者のように登場するなど、ルルフォとの類似性が、三部作のなかでも最も感じられる作品だ。

さらに、二〇二一年には『吹きさらう風』と『煉瓦職人たち』がそろって、ペンギン・ランダムハウス社から版を改めて刊行された。自国の版元から出た作品が、大手出版グループにより再刊されるのは、ラテンアメリカ出身の作家がスペイン語圏全体の作家として認められたことを示す典型的指標である。

二〇一四年には、ペンギン・ランダムハウス社からノンフィクション『死んだ娘たち』(Chicas muertas)を刊行した。一九八〇年代にフェミサイドの犠牲となった、当時十五歳、十九歳、二十歳だった娘たちの事件を追ったもので、アルゼンチンのロドルフォ・ウォルシュ賞の次点となった。事件の書類を調べ、家族や周囲の人びとの聞きとりをする間にも、同じような事件が続発し、女が女というだけで次々と命が奪われていく。アルゼンチンの女性たちは、これほどの暴力にさらされているのかと、改めて苛酷な現実をつきつけられる。

おもしろいのは、端々にアルマダ本人の人生における、性暴力やジェンダーに関連のあるエピソードが挿入されていることだ。パラナから自宅までヒッチハイクをしたとき、同乗の男性たちが銃を持っていたという恐怖体験、若くして結婚した両親が夫婦喧嘩をしたとき、母が父の腕にフォークを刺したこと等々、事実は小説より奇なりだ。

とはいえ、この作品は、後をたたないフェミサイドを告発しようという意図で書かれたものではないようだ。アルマダは、自分としては、身近で起きた事件を書いてみたかったと語り、事実を追い、明らかになったことを書くことに終始し、判断は読者に委ねている。

二〇二〇年三月六日にアルゼンチン文科省は「読まずにはいられないアルゼンチンの主要女性作家」として、十一人の女性作家を紹介した。十一人のなかには、『寝煙草の危険』や『わたしたちが火の中で失くしたもの』のマリアーナ・エンリケスや、『口のなかの小鳥たち』や全米図書賞を受賞した『七つのからっぽな家』のサマンタ・シュウェブリンなど、日本でも翻訳のある作家とともに、セルバ・アルマダももちろん入っていた。

アルゼンチンは、ラテンアメリカでも最も古くから出版産業が栄えた、物語の長い伝統のある国で、紹介すべき作家はまだまだいる。アルマダがよく言及しているサラ・ガジャルド、若手のマリナ・クロス、国際アンデルセン賞を受賞したマリア・テレサ・アンドルエットなど、いつかご縁があればという期待をこめて、ここに名前を挙げておこう。

メキシコのグアダルーペ・ネッテル（『花びらとその他の不穏な物語』『赤い魚の夫婦』）に続いて、

日本ではまだ紹介されていないスペイン語圏の現代女性作家の声を届けられたことは望外の喜びだった。読者の皆様に愉しんでいただき、これからもスペイン語文学に期待していただければ何よりだ。

本書刊行にあたっては、アルゼンチン外務省のプログラマ・スールの翻訳助成を受けることができた。アルゼンチン共和国政府に感謝したい。

また、松籟社の編集者、木村浩之さんには、翻訳出版の機会を与えていただいたことはもとより、たいへんお世話になった。編集の過程で、訳稿を英語版 The Wind That Lays Waste とつき合わせて綿密にチェックし的確な指摘をくださり、とても心強かった。ありがとうございました。

二〇二三年九月

宇野和美

［訳者］

宇野　和美（うの・かずみ）

東京外国語大学スペイン語学科卒業。出版社勤務を経てスペイン語翻訳に携わる。

訳書に、グアダルーペ・ネッテル『花びらとその他の不穏な物語』『赤い魚の夫婦』（ともに現代書館）、アナ・マリア・マトゥーテ『小鳥たち マトゥーテ短篇選』（東宣出版）、アンドレス・バルバ『きらめく共和国』（東京創元社）、ハビエル・セルカス『サラミスの兵士たち』（河出書房新社）、マリア・ヘッセ『わたしはフリーダ・カーロ』（花伝社）など多数。

〈創造するラテンアメリカ〉8

吹きさらう風

2023年10月3日　初版発行　　定価はカバーに表示しています

著　者　セルバ・アルマダ
訳　者　宇野　和美

発行者　相坂　一

発行所　松籟社（しょうらいしゃ）
〒612-0801　京都市伏見区深草正覚町1-34
電話　075-531-2878　振替　01040-3-13030
url　http://www.shoraisha.com/

印刷・製本　モリモト印刷株式会社
装丁　安藤紫野（こゆるぎデザイン）
Printed in Japan

 ISBN978-4-87984-445-3 C0397